總策劃／吳潛誠
桂冠世界文學名著
2

佚名

熙德之歌

趙金平・譯　蘇其康・導讀

觀覽寰球文學的七彩光譜
——《桂冠世界文學名著》彙編緣起

吳潛誠

早在一八二七年，大文豪歌德便在一次談話中，提到「世界文學」（Weltliteratur）一詞，並宣稱全球五大洲的文學融會成一體的時代已經來臨。他說：

我喜歡觀摩外國作品，也奉勸大家都這樣做。當今之世，談國家文學已經沒多大意義；世界文學紀元肇生的時代已經來臨了。現在，人人都應盡其本分，促其早日兌現。

歌德接著又強調：文學是世界性的普遍現象，而不是區域性的活動。因此，喜愛文學的人不宜劃地自限，侷促於單一的語言領域或孤立的地理環境中，譬如說，德國人不可只閱讀德國文學，英國人不應只欣賞英文作品；相反的，人人都應該從可以取得的最優秀作品中挑選材料，作爲自己的文學教育；而天下最優秀的作品自然未必全出自自己同胞之手。歌德心目中的世界文學不啻就是全球文學傑作的總匯，衆所公認的經典作家之代表作的文庫。

那麼，什麼是經典作家？或者，什麼是經典名著的認定標準呢？法國批評家聖・佩甫（Charles-Augustin Sainte-Beuve, 1804~1869）在〈什麼是經典〉一文中所作的界說可以代表傳統看法：

> **真正的經典作者豐富了人類心靈，擴充了心靈的寶藏，令心靈更往前邁進一步，發現了一些無可置疑的道德真理，或者在那似乎已經被徹底探測瞭解了的人心中再度掌握住某些永恒的熱情；他的思想、觀察、發現，無論以何種形式出現，必然開濶寬廣、精緻、通達、明斷而優美；他訴諸屬於全世界的個人獨特風格，對所有的人類說話，那種風格不依賴新詞彙而自然清爽，歷久彌新，與時並進。**

諸如以上所引的頌辭，推崇經典作品「放諸四海而皆準，百世以俟聖人而不惑」，具有普遍而永恒的價值，在國內外都有悠久的歷史；但在後結構批評興起以後，卻受到強烈的質疑。概略而言，解構批評、新馬克思學派、女性主義批評、少數族裔論述、後殖民觀點等當前流行的批評理論，基本上都否認天下有任何客觀而且永恒不變的眞理或美學價值；傳統的典範標準和文學評鑑尺度也是一種文化產物，無非是特定的人群（例如強勢文化中的男性白人的精英份子），在特定的情境下，遵照特定的意識形態，爲了服効特定的目的，依據特定的判準所建構形成的；這些標準和尺度無可避免地必然漠視、壓抑其他文本——尤其是屬於女性、少數族群、被壓迫人民、低下階層的作品。因此，我們必須重新檢討傳統下的美學標準以及形成我們的評鑑和美感反應的那些基本假設和「偏見」。

沒錯，文學作品的確不會純粹因爲其內在價值而自動變成經典，而是批評者（包括閱讀大衆）和權力建制（諸如學術機構）使然。譬如說，現今被奉爲英國小說大家的喬治·艾略特（1819～80），直到一九三○年代仍很少被人提起；美國小說家梅爾維爾（1819～91）的作品曾經被忽略長達一甲子之久；浪漫詩人雪萊（1792～1822）在新批評當令的年代，評價一落千丈；布雷克（1757～1827）因爲大批評家傅萊的研究與推崇，在一九四○年代末期才躋入大詩人行列……

這是否意味著文學的品味和評鑑尺度永遠在更迭變動，毫無客觀準則可言呢？馬克思曾經頗感納悶：產生古希臘藝術的社會環境早已消逝很久了，爲什麼古希臘藝術的魅力仍歷久不衰？當代馬克思批評家伊格頓（Terry Eagleton）曾經嘗試爲此提供答案，他反問：「既然歷史尚未終結，我們怎麼知道古希臘藝術會永遠保有魅力呢？」

我們不妨假設伊格頓的質疑會有兌現的可能，那就是說，歷史的巨輪繼續往前推動，社會發生了劇烈改變，有一天，古希臘悲劇和莎士比亞終於顯得乖謬離奇，變成一堆無關緊要的思想和感覺方式，與方今習見的牆壁塗鴉沒啥分別。不過，我們是否更應該正視古希臘悲劇已經流傳了兩千年，在不同的畛域和不同的時代，一直受到歡迎的事實？

不僅古希臘悲劇，西洋文學史上還有不少作家，諸如但丁、喬叟、塞萬提斯、莎士比亞、密爾頓、莫里哀、歌德等等，長久以來一直廣受喜愛，這多少可以說明人類的品味有某種程度的共通性和持續性吧？再說，曾經長期被奉爲經典的作品，必已滲入廣大讀者的意識中，甚至轉化成集體潛意識，對於一國的文學和文化發展產生相當大的影響，欲深入瞭解該國之文學和文化，則不能不尋本溯源，探究其經典著作。例如，《詩經》對於漢民族的文學和文化的影響幾乎難以估計，不提《大學》、《中庸》、《論語》、《孟子》之類的儒家經典曾大量援引「詩云」以闡釋倫理道德；連我們今天所習見的橫匾題詞，甚至四字一句的「中華民國國歌」歌詞，（意欲傳達肅穆聯想）都可和《詩經》牽上關係。

退一步來說，儘管典範不可能純粹是世上現有的最佳作品之精選，而且有其不可避免的附帶弊端，但卻不失爲文學教育上有用的觀念。簡而言之，典律觀念肯定某些作品比其他作品更有價值，更值得仔細研讀，使一般讀者在面對從古到今所累積的有如恒河沙數的文學淤積物時，不致於茫茫然，不知如何篩選。早在十八世紀，法國大文豪伏爾泰（1694～1778）便曾提出警告：「浩瀚的書籍，正在使我們變得愚昧無知」，英國哲學家湯瑪斯・霍布斯（Thomas Hobbes, 1588～1679）也曾經詼諧地挖苦道：「如果我像他們讀那麼多書，我就會像他們那麼無知了。」喜歡閱讀而不重抉擇的讀者能不警惕乎？

那麼，什麼才是有價值的值得推薦的文學傑作？或者，名著必須符合什麼標準呢？文學的評鑑標準自來衆說紛云，因爲文學作品種類繁多，無法以一成不變的規範加以概括，有些作品甚至以打破傳統規範而傳世。我們勉強或可分成題材內容和表達技巧（形式）兩方面，嘗試提出幾則評鑑標準，以供參考：

西方文論自古以來一直視文學爲生命的摹仿或批評，推崇如實再現人生眞相的作品。當代批評則質疑再現（representation）論，認爲所謂的人生經驗其實也是語言建構下的產物，寫實主義充其量只可當做文學俗套的一端。然而，無論如何，以語文作爲表達媒體的文學藝術，其內涵必定多少與人生經驗有所關聯（不可能，也不必要像音樂或美術那樣追求純粹美感）。我們姑且假設人生的眞相是一束光譜，光譜的一端是純粹紀錄事實的紅外線，另一端則是純粹幻想的紫外線，當中紅、橙、黃、綠、藍、靛、紫等深淺不同的顏色代表寫實成分濃淡不同的文學作品。白色光呈現在各顏色之中，但各顏色只是白光的片斷而已。人生眞相或眞理就像普通光線一樣，尋常到處都有，但卻非肉眼所能看見。文學家透過虛構形式的三稜鏡，將光切斷，並析解成各種顏色，好讓讀者得以具體感受到光的存在。那就是說，無論使用什麼文學體式或表現手法，自然主義也好，象徵主義、表現主義、後現代主義也好，史詩也好，悲劇、喜劇、寓言、浪漫傳奇、科幻小說也好，愈能讓讀者感受到生命存在的基本脈動，便是愈有價值的上乘作品，而在刻劃或呈現方面，其深廣度、強烈度或繁複程度又有卓著表現者，殆可稱爲偉大文學。

舉例說，《哈姆雷特》一劇涉及人世不義、家庭倫理（夫妻、兄弟、母子關係）的悖逆、以及王位纂奪所導致的社會不安，多種因素互相牽動，同時兼具有道德、心理、政治方面的涵意，故宜列爲偉大著作。托爾斯泰的《戰爭與和平》以巨大的篇幅，刻劃諸多個性殊異的角色，躬逢拿破崙時代戰爭的轉變和短暫的和平，呈現了人生的基本韻律：少年與青年時期的愛情、追求個人幸福和功名方面的失足與失望、時代危機、以及歷經歲月熬鍊所獲致的樸實無華的幸福和心靈上的平靜，這部鴻篇鉅作當然也該列爲名著。

合乎上述標準的虛構作品，在閱讀之際，也許會讓人暫時逃離現實人生；但讀畢之後，必會使人更有智慧去看待不得不面對的人生。那也就是說，嚴肅的文學傑作必須具備教育啓發功能，擴大讀者的想像和見識空間，使他們感覺更敏銳、領受更深刻、思辨更清晰……但這並不意味著文學作品必須提供黑白分明的眞理教條；相反的，經得起時間考驗的佳構，往往以反諷的語調，揭示生命中的矛盾，告訴讀者：所謂的眞理或價值其實大多是局部的、不完美的，有賴其他眞理或價值的修正補充。例如，但丁的《神曲》表面上的確在肯定信仰，但細心的讀者不難發現它骨子裡隱含有反諷成分。

具備教誨功能的文學作品，對於社會文化必會產生深刻持久的效應，乃至於有助於形塑整個國族的集體意識，或徵顯所謂的「時代精神」，這一類作品理當歸入傳世的名著之林。例如，沙弗克力斯的《伊底帕斯王》、西班牙史詩《熙德之歌》便是。

評鑑文學作品當然不宜孤立地看題材／內容／意涵，而須一併考慮其表達技巧／形式／風格，唯有達到一定的美學效果，才有資格稱為傑作。此外，在文學發展史上佔有承先啓後之功，不論是開啓文學運動或風潮，刷新文學體式，別出機杼，另闢蹊徑，手法戛戛獨造，技巧出神入化，形式完美無缺者，亦在特別考慮之列。例如法國象徵主義詩人馬拉美的詩篇，寫實主義的典範屠格涅夫的《獵人日記》、福婁拜爾的《包法利夫人》，心理分析小說的巨構《卡拉馬助夫的兄弟們》、把意識流敍述技巧發揮得淋漓盡致的《燈塔行》，首創魔幻寫實的波赫斯之代表作皆屬此類。

《桂冠世界文學名著》基本上是依據上述的評選標準來採擷世界文學花園中的精華（不包括中文著作），但也不敢宣稱已經網羅了寰球文苑的奇葩異草，因為這套書所概括的範疇，時間方面上下縣延數千年，空間上橫貫全球五大洲，筆者自知學識有所不逮，雖曾廣泛參酌西方名家所編纂的書目，也設法徵詢各方意見，但亦難免因為個人的偏見和品味，而有遺珠之憾；另一方面，由於必須配合出版作業上的考慮，先期推出的卷册，一仍既往，依舊偏重歐、美、俄、日的古典和現代作品，希望將來陸續補充第三世界的代表作和當代的精品，以符合世界文學名著的全銜。

匯編這套以推廣文學暨文化教育為宗旨的叢書，原則上自當愼重其事，講求品質；但同時也得衡量現實的條件：諸如譯介的人才和人力、社會讀書風氣、讀者的期待與反應等等，這也就是說，一套名著的出版，不純粹只是理念的產物，同時也是當前國內文化水平具體而微的表徵。一味好高騖遠，恐怕亦無濟於事。

這套重新編選的《桂冠世界文學名著》還有一個特色，那就是每本名著皆附有一篇五千字左右的導讀，撰述者儘可能邀請對該書素有研究的學者擔任；他們依據長期研究心得所寫的評析文字，相信必能幫助讀者增加對各名著的瞭解，同時增添整套叢書的內容和光彩。謹在此感謝這些共襄盛舉的學界朋輩和先進，以及無數熱心提供意見和幫助的朋友。最後，還請方家和讀者不吝指教，共同促進世界文學的閱讀與欣賞。

《熙德之歌》導讀

蘇其康

《熙德之歌》(*Poema del mio Cid*) 是西班牙文學的瑰寶。全詩用西班牙北部卡斯蒂利亞 (Castile) 方言所寫成，爲西班牙第一部史詩。中古時代，各地方言衆多，同一語文往往有多種方言，相通程度極高，一旦某地方言發展出高度文藝水準和實用性，便極易成爲日後的「國語」，譬如英格蘭東部內陸 (East Midland) 方言變做日後英國的國語、義大利西部托斯卡尼 (Tuscany) 方言成爲今天義大利的國語，故此早期作品的方言屬性宜採地域差異的角度視之，不應有任一方言比另一種方言更高貴的觀念，更不能從政治角度評估，硬作現代人的「官話」與「方言」的價値區分。此外，除了極少數的例外，早期文學作品的著者姓名和著作年月大多難以鑑訂，《熙德之歌》也不例外。綜合當代學者的考訂，本詩作者極可能是一名在阿拉伯人統治下出生的基督徒 (Mozarab)，而史詩約成篇於十二世紀末年至一二〇七年之間，一說爲一一四〇年左右；本詩現存最早的手抄稿可追索至一三〇七年，但遲至一七七九年《熙德之歌》才首度由珊柴斯 (Tom'as

Antonio S'anchez）印刷出版。通篇歌詠十二世紀西班牙民族英雄維瓦爾之羅德里戈・迪亞斯（Rodrigo Díaz de Vivar）。羅德里戈就是「熙德」——就是主公的意思，歷史上確有羅德里戈其人，約生於一〇四三至一〇九九年之間。也有學者簡括地稱此詩著於英雄棄世後一百年許，作者大概僅爲一人，而目前這部史詩是根據最早的十四世紀手抄本載錄而成。

自公元八世紀開始，西班牙半島漸次受到從北非輾轉而來的阿拉伯人的侵略，終至大部分地區淪陷，是伊比利亞（Iberia，即西班牙和葡萄牙）半島在政治、軍事、宗教、文化和經濟上的大事。因爲篤信伊斯蘭教的阿拉伯人在歐洲領土上建立了所謂摩爾人（Moor）王國，一時全歐敵愾同仇，西班牙的基督徒更誓言早日驅走異族，收復失土。法國史詩《羅蘭之歌》（*Chanson de Roland*）也和這一段歷史背景攀上關係，誇大了其中法國基督徒到西班牙驅逐伊斯蘭的摩爾人（或稱撒拉遜人）的英雄事略。然而，摩爾人統領伊比利亞領土長達八百多年並非事出偶然。其中部分原因爲摩爾人透過經濟利益手段得到部分當地基督徒的幫助，不單鞏固了摩爾人的政權，也增加了西班牙人之間的矛盾衝突，牽制了他們收復國王的行動。在《熙德之歌》中，堂加爾西亞・奧多湼斯伯爵（Garcia Ordonez，堂一般譯作唐Don，即先生之尊稱，女性的尊稱爲唐娜Doña）就是此輩的代表，在熙德與兩公子（Infantes）討回公道之際，堂加爾西亞處處刁難幫凶（3270～79行），先前熙德遣人獻禮給國王時，也受到加爾西亞的挑撥離間（1345～49；1859～65行），這些敵視行爲添加了熙德的困擾，也強化了英雄與惡勢力之間的衝突鬥爭，唯其如此，也更凸顯了史詩所引發出來的強烈情感和意氣昂揚的決心。

史詩，簡單地說，就是一首長篇敍事詩，歌讚英雄、武士勳業及其犯難精神，並且往往把歷史和傳說糅合成具有全民性重大意義。《熙德之歌》就是這樣一部作品。十二世紀西班牙基督徒收復國土（Reconquista）的呼聲高唱雲霄，熙德適時出現，便特別具有時代和文化意義。此篇與法國歷險史詩系列（*chanson de geste*）同屬一型，但卻是較新和先進的一型，熙德在行爲上的表現，可說是對歐洲建制革命性的詮釋，處處表現封建歐洲君臣之間的權利、義務、並反映了當時的宗教、政治生態結構。史詩的作者更大量地從法律中抽取他的素材和語言，比如在阿方索（Alfonso）國王面前熙德和卡里翁兩公子的辯論，熙德按照一定的程序，有條不紊地先向兩公子索回饋贈給他們的寶劍（3145～74行），再當衆送給他的侄子，然後再追回他償給兩公子的三千馬克（3199～3240行），最後請求與後者決鬥，正式解除翁婿的關係（3253～3484行）。這種漸進式的法理爭辯、訴訟，合情合理，不使單純的事件複雜化，使經濟事務歸於經濟事務，婚約歸婚約，一介武夫的熙德能有這樣的法理邏輯思維，除了說明他是允文允武之外，也間接說明作者對法律程序與訴訟的知識。

在組織結構上，《熙德之歌》可分成兩大部分。第一部分就是熙德與伊斯蘭勢力的鬥爭。這部分溶合了「收復國土」的歷史背景。熙德攻打卡斯特洪、阿爾科塞爾、巴倫西亞等地，一方面是他被阿方索國王放逐後求生存之舉，另方面這種攻掠摩爾人國境也大快基督徒人心。事實上，熙德與伊斯蘭勢力的戰爭有政治因素，也有個人因素，而個人因素同時是生存要素，就像熙德勉勵他的隨從攻打敵陣時所說：「作為被流放的異鄉人，在戰場上就會看出誰無愧於餉金」(1125～26行)。熙德抗敵之戰，幾乎戰無不勝，原因之一為十一世紀初在柯多巴回教王國（Cordoba caliphate）崩潰後，屬於伊斯蘭的西班牙便分裂成許多小的摩爾人王國，加上熙德的神勇，便一舉將之殲滅，但也使基督徒與摩爾人之間的利益恩怨糾纏不清。

第二部分為熙德兩女兒嫁給卡里翁兩公子以後的家族恩怨，但這條導火線卻彰顯了基督徒各王國之間的衝突和敵對。這些衝突，有因各擁不同的陣營，也有與摩爾人勾結而形成錯綜複雜的人際關係，比如堂恩克伯爵，堂拉蒙伯爵與費爾南多・岡薩雷斯、加爾西亞伯爵之間的對壘。又譬如因為藩屬的關係，巴塞羅那之伯爵拉蒙為摩爾王國的庇護人，所以在熙德與摩爾人戰鬥之外，在背後他也成了攻擊基督徒王國的政治利益，至於在史詩時期早已存在的基督徒王國之間的紛爭更不在話下。

然而，不管是戰爭殺敵或別人降順，熙德從不做背信棄義的事，摩爾人或基督徒都一視同仁。譬如拉蒙伯爵被擄後，熙德無條件釋放他，就像他過去釋放降順的摩爾人那樣，這在中古時代是極其大方的做法，因為從戰勝中獲取贖金是其時貴族發財的途徑之一，被擄的人身份地位越高，贖金就要越多，所以伯爵獲釋自行策馬離去時：

他回頭要看分明，
他害怕熙德後悔；
熙德不會那樣做，即使世界的財富全給他，
他從來不肯做背信棄義的事情（1078~81行）

不過熙德也不是一個天眞愚昧感情用事的人。雖然不要求贖金，因打勝仗而帶來的財富足使許多人富裕。熙德是一個務實的人，他懂得把贏來財富分給部屬來鞏固軍心。

在《熙德之歌》裡，所有的戰爭幾乎都肇始於熙德之被逐。爲了生存，他興起了對付摩爾人的南征北伐，其中最顯著的勳業便是把巴倫西亞（Valencia）收服，而在降服該地後，他還受人愛戴是因爲他保有一顆赤子之心。如果他討伐的對象願意納貢，熙德便饒了該地免受戰火的災難，比如阿爾科塞爾、阿特卡和特雷爾等城鎭，讓摩爾人繼續居住，不把他們賣掉，也不把他們砍殺。熙德是爲了生存和政治理念而戰，殊非爲了掠奪財富而戰，另方面，爲了包裝自己的行徑，熙德把從戰爭中獲得的財富，非常豐厚地賞給他的隨從，不過，我們知道，按慣例，每次的攤分熙德都獲得總額五分之一的財帛。這種把社會結構、經濟利益、政治聲望及英雄氣蓋糅合的史詩，是歐洲史詩傳統的新猷。其實中古時代與古典時代在社會形態上最大的區分，幾乎可說是前者把經濟意識放進統治階層的決策中，而經濟活動的誘因也把貴族之間的等級，以及貴族與平民之間的距離拉近。卡里翁兩公子自認在出身門第上勝過熙德，但他們願意娶熙德的女兒，圖的不是高攀政治利益，而是熙德此時的財富，證諸日後兩家族解除婚約時的對話，兩公子的用心便隱然若現：

這時卡里翁兩公子在一旁策劃商量：
「熙德康佩阿多爾的名望大大增長，
如果咱們跟他的女兒結婚，就能把好處撈到手上，
但咱們不敢把這話講，
熙德是比瓦爾人，而咱們出自卡里翁伯爵家門。」（1372～76行）

熙德雖然不是望族之後，但在被放逐期間，仍保持一定的貴族身段，在他把夫人和兩名幼女托孤於修道院院長時，除了留下相當數目的錢財外，也留下女眷的侍從，並請修道院按他眷屬的「需要供應」。熙德「抵押」的財物是六百個馬克，但要供養一百來名的騎士和兵丁，而他卻挪出一百五十個馬克給修道院院長作爲贈與和供養的部分費用，如果他稍爲小家子氣，他可把贈金減少，或把夫人的侍從減到最低；但熙德要心安理得地流放和出征，他要做得漂亮光彩。此去命途未卜，卻由熙德的妻子希梅娜（Ximena）在祈禱中恰當地表達出來。作爲英雄人物的妻子，雖然與丈夫生離死別，希梅娜沒有呼天搶地，在淚眼盈眶中她讚美天主，把從創世到耶穌受難完成救贖的事蹟敘述一遍（330～62行），具有鼓舞熙德隨從士氣的作用，最後她才求上主憐憫使自己能和

熙德團圓（363～65行），充分發揮女性的堅毅和對英雄的信任，無論就宗教、政治、民族和倫常的角度看，他的表達方式都至爲允當。

集騎士、將領和統治者於一身的熙德，除了果敢、英勇、堅忍、慷慨和慈祥外，還有謀略，雖然一定有部屬獻計。譬如在出發之初，熙德和隨員缺乏盤川和日用金，又無法獲得沿途官民的濟助，便用計騙了布爾戈斯市的兩名猶太商人墊支六百個馬克給熙德，質押在猶太人那裡的兩箱沙子言明爲期一年，事實上熙德進攻巴倫西亞花了三年的功夫，在大獲全勝後，熙德派隨從騎士米納雅向國王取得恩准，護送熙德妻女離境往巴倫西亞時，兩名猶太商人始在詩中再出現，求米納雅轉告熙德，歸還他們的墊金，即使只收回本金也行。以熙德的品性才情，這件三年前的事不太可能是他要賴掉，實在因爲戎機倥偬忘了借債之事。然而三年前，爲了燃眉之急而演出一樁騙局，顯然熙德是一個大行不顧細謹的人，而另方面熙德也不是爲了私利而爲。其次在軍事上，熙德致勝的理由是他懂得運用韜略，譬如他看出阿爾科塞爾城不會投降，便裝出自己部隊糧盡、士兵逃散，誘使阿爾科塞爾人出城來進攻，然後他調動大隊回馬奪得城堡（574～610行），使的是兵不壓詐的戰術；在進攻巴倫西亞城時，他率領三千七百名戰士，面對五萬名強敵，除了神勇之外，用的就是四兩撥千斤的兵法，使五萬名摩爾人折損得只剩下一百零四人（1716～36行）。本來趕來助陣的摩洛哥王布卡爾也被熙德殺死，該國的伊斯蘭教衆都害怕熙德會乘勝對他們展開奇襲，可是熙德卻不此之圖，他寧願坐鎮在巴倫西亞收取他們的納貢（2408～2504行）。一方面他考慮到長征可能會師勞無功，尤其遠赴海外，並且因爲新克服巴倫西亞，他也要讓軍隊歇腳休養生息，穩定陣勢，另方面海外出征，補給輕重而沒有基地做後援，風險太大，所以熙德以逸待勞，不再遠征摩洛哥不是膽怯，也不是耽於逸樂，而是要在久戰之後經營一個鞏固的根據地，這在戰術上是明智之舉。

就全詩的三節歌（cantares）或三章來看，作者歌詠的主角是熙德，他的英雄氣蓋猶如歐洲其他的史詩那樣，在困厄中打造出自己和社群的命運，而在其他主要的主題上，配合中世紀的社會結構可簡略地分做如下幾點：

一、生存與昌盛：熙德被國王放逐固然是他的懲罰，但他也利用機會韜光養晦而非反抗來表明懺悔的心意。然而，臣子一旦失寵，那種哀矜自憐，成了無主孤魂之情卻溢於言表，尤其在階級嚴明的中古世代，因國王頒下被逐的人財產沒收，沿途官民不得濟助，熙德一幫被貶貴族，頓成餓殍。爲了生存，他們只好在國境外自謀發展，建立勢力範圍。在長征短伐的戰爭中，史詩的作者相當重視能力武功和財富的展示。固然這些都有一定的世俗意義，但財富還有權勢和社會地位的象徵，表示主角已走出了衰敗的陰影中，所以作者對女眷們穿綾羅綢緞、錦質麗裳的描寫也有一定的意義。英雄所苦，該是心情上，物質的匱乏不能難倒他的意志，故此全詩描述熙德窮苦的時候少，意氣風發的光景多，在他戰勝時，財富也跟著來臨。

但個人的財富殊不足恃，與熙德出生入死的騎士也應分享勝利的甜頭。分發戰勝品不單表現熙德的豪情，也是那時代諸侯與家臣之間的權利和義務，慷慨地分享財物是慰勞、賞勵，也是肯定隨從騎士的生存價值，在熙德攻陷巴倫西亞國境，把他夫人身邊的女侍嫁給衆騎士，並賞給每名女侍二百馬克的巨額嫁妝（1760~71行）也是這個意思。英雄不只要能保家衛國，還要帶給群衆人丁昌旺社會繁榮。從離開阿方索國王時熙德只有一百十五名隨從，到後來的數千人以至整個巴倫西亞軍民的擁戴，證明了英雄之責任與得道者昌。

二、基督教與伊斯蘭教：《熙德之歌》與中世紀其他歐洲敍事詩大不相同處在於它沒有片面排斥信奉伊斯蘭教的摩爾人，因爲西班牙的地理環境和政治結構與他國有別，在詩中，熙德固然討伐信仰伊斯蘭的人，但他對危急困厄中的摩爾人也常常伸出同情的手，不以殺戮爲榮，也沒有強逼摩爾人改教，如果基督教與伊斯蘭教起正面衝突，應是兩方騎士在戰場上的砍殺；在基督教陣營中雖然明顯地把伊斯蘭的摩爾人當做頭號敵人，宗教意識形態之爭實在不是熙德主要考慮空間。在熙德朋友中，就有一名莫利納地區摩爾人統治者阿本加爾邦。熙德吩咐米雅納往卡斯蒂利亞國境接回妻女，途經阿爾巴拉辛和莫利納時，要求阿本加爾邦迎接諸人一程，本來希望有一百名騎士護送，阿本加爾邦卻撥出兩百名騎士，並盛待旅途中諸人，供應所需。基督徒與伊斯蘭教徒的友情在本詩中是存在的。

三、王室威儀、名譽和報復：阿方索國王的權威不容打折扣，即使熙德是一名含冤貴族，在眞相未明之前他還是要遵守國王的放逐令。熙德與敵對派的御前爭辯，最後也是由國王仲裁以比武方式決定是非誰孰。在被驅離國境後，遇有所得，熙德必遣人進貢國王，一方面表示自己終身不逾，二方面也在各派系人馬面前表示國王的權威，不容任何人挑釁。

名譽是英雄的生命，熙德不見容於國王事少，被曲解存有異心事大，所以他沒有與國王抗爭，到自己勢力龐大時也沒有犯上之舉。他的持志也就贏得其他騎士不計較生命財產追隨麾下。在另一方，熙德政敵之一的加爾西亞，凡事都和他搗蛋，理由之一就是他名譽受損。在卡布拉城一戰，熙德把他打敗了，並且拔了他的鬍鬚，而在當時，被拔鬍鬚是最殘忍的屈辱，也就難怪加爾西亞伯爵會成了熙德的死敵。

英雄人人想當，一旦假英雄膽怯的本性暴露出來，這些人便惱羞成怒。在獅子溜出柙籠時，卡里翁兩公子嚇得魂飛魄散，一個躲在椅子下，一個奪門而逃（2278~2310行）。迭戈公子在逃命時長袍沾到了污斑，正好象徵了他的名譽染了污斑。因爲這件不名譽事，雖然熙德禁止衆人笑謔，兩公子深以爲苦，終致懷恨在心，日後在森林裡把自己妻子鞭笞出氣來報復熙德一家，這種不理性暴行，正好分清楚眞英雄行爲與僞君子的胡作妄爲。

四、社會約束：在階層嚴明的社會中，層級的分隸和彼此的權責非常清楚，君主與臣子間有牢不可破的羈絆契約，因爲阿方索國王下了令，熙德再無奈也只好服從。反過來看，如果效忠的臣屬遇上災害危難，居保護者的君主便要出面捍衛拯救，譬如摩爾人反包圍阿爾科塞爾時，佩德・羅・貝穆德斯憋不住而單騎衝進敵營，雖然違反熙德的禁令，熙德還是率衆把他救回來。顯而易見，階層之間有服從與照顧的義務，這種社會約束力也加強了社會的向心力。

就這幾項特徵而言，《熙德之歌》不單是一首西班牙的史詩，也是典型的中世紀史詩。

譯本序

在西班牙布爾戈斯省省會布爾戈斯市中屹立著一座高大的銅像：一位全副武裝的中古騎士手持長劍，舉目遠眺，胸前鬚髯飄動，坐下駿馬騰躍，斗篷似肩生雙翼，飛奔戰場的形象栩栩如生，十分威武。這位騎士就是西班牙最著名的民族英雄羅德里戈・魯伊・迪亞斯・德比瓦爾，即熙德康佩阿多爾。

羅德里戈・魯伊・迪亞斯一〇四三年生於距布爾戈斯市九公里的比瓦爾村。他的父親是比瓦爾的貴族（一說是卡斯蒂利亞的法官），母親是阿斯圖里亞斯的伯爵（總督）的女兒。他作戰十分勇敢，很有謀略，贏得對手摩爾人的尊敬，被稱為「熙德康佩阿多爾」，即英勇善戰的「熙德」——古阿拉伯語，「熙德」是對男人的尊稱，是「主人」的意思。熙德在和摩爾人的戰爭中立下了不少汗馬功勞，最初若干年也很受卡斯蒂利亞國王阿方索六世（1030～1109）器重，作過王室的行政長官和禁衛軍的首領，並於一〇七四年同阿方索六世的堂妹希梅娜結婚。

但是，熙德有一次因擅自襲擊托萊多伊斯蘭王國得罪了國王，於一〇八一年受到了放逐的處分。一〇八七年重新得到阿方索國王的信寵。一〇八九年，有一次國王出遊，當時作爲國王隨從的熙德由於遲到，引起了國王的誤會，因此再次被放逐。在上述兩次被放逐期間，熙德曾經在薩拉戈薩摩爾國王的軍中服役，作過薩拉戈薩國王的保護人

熙德曾兩次俘獲巴塞羅那的伯爵，但兩次都慷慨地釋放了他。由於他驍勇、豪爽、寬宏並能優厚地對待部下，使愈來愈多的卡斯蒂利亞騎士慕名而來，投到他的麾下。他機智頑強地和摩爾人連續作戰，幾乎戰無不勝。一〇九四年他攻下了巴倫西亞，繼而又攻占了不少鄰近的地方，實際是一方之王，成爲當地的統治者。

一〇九九年熙德在巴倫西亞去世。其妻希梅娜堅持同摩爾人作戰幾達三年。最後因戰鬥失利，向其堂兄阿方索國王求救。一一〇二年阿方索國王救了希梅娜並把她以及熙德的遺體帶回卡斯蒂利亞。後來熙德及其妻子希梅娜（死於1140年）都葬在卡德尼亞修道院；一八四二年他們的遺體又被遷移至布爾戈斯市內。

上面我們敍述了熙德的簡史，《熙德之歌》就是根據上述史實創作的。但兩者不盡相同。

《熙德之歌》亦稱《熙德詩》，作者姓名失傳，約寫於一一四〇年。它是一部西班牙中世紀史詩，是流傳至今、保存最完整的第一部西班牙文學作品；在它之前的作品都失傳了。十二世紀到十五世紀的西班牙雖然也出現過一些其他史詩性作品；有的描述費爾南・岡薩雷斯公爵，有的則

描述拉拉的親王們、貝爾納爾多・德爾卡皮奧、卡爾洛馬格諾或其他西班牙和法國的英雄，但幾乎全部遺失了，現在留下的只有一些片段或一些有關這些作品的殘缺不全的散文記載。

現在能見到的《熙德之歌》的唯一手抄本是佩德羅・阿瓦德於一三〇七年抄寫的。在手抄本的開始、中間和結尾處，各失落了一頁。失落部分根據《卡斯蒂利亞二十國王編年史》以散文形式作了補遺。

全詩三七三〇行，分爲三部分（三歌）：

第一歌：熙德被放逐。熙德受阿方索國王的派遣向安達盧西亞的摩爾人收取應向卡斯蒂利亞交納的貢賦，在收貢賦時，熙德和卡斯蒂利亞的加爾西亞・奧多涅斯伯爵打了一仗，俘虜了加爾西亞，囚禁在卡布拉城堡並羞辱了他，拔了他一綹鬍鬚。熙德返回卡斯蒂利亞後，嫉妒他的朝臣們誣告他侵呑大量貴重的貢品。國王聽信讒言，下令放逐熙德，並且限他在九天之內離開卡斯蒂利亞，熙德的一些親屬和僕從自願陪他一起流放。

熙德離開比瓦爾前往德尼亞修道院去與那兒避難的妻子和兩個女兒告別。離別時，熙德向上帝祈禱將來能讓他親自安排女兒的婚事以享天倫之樂。因放逐期限迫近，熙德沒有耽擱就匆忙離開了卡斯蒂利亞王國。擺在熙德面前的另一個迫切的問題是：在放逐期間如何維持自己以及他部下的生活。爲了生存和壯大自己的力量，當時他們最主要的辦法就是通過戰鬥獲取戰利品。熙德開始同摩爾人打仗時，遇到一些困難，戰利品得來也不易。在最初的幾個戰役中他們奪取了摩爾人占據的埃納雷斯河沿岸的市鎮卡斯特洪和哈隆河沿岸的市鎮阿爾科塞爾等地。熙德把獲得的戰利品賣給當地的摩爾人以換取必需的軍費。接著他們又深入轉戰在摩爾人統治的地方，使從特魯埃爾到薩拉戈薩的整個地區都向他納貢；同時他派心腹部將阿爾瓦爾•法涅斯向阿方索國王贈送三十匹良馬。然後，熙德向莫雷利亞山區及其鄰近的地方前進。但這些地方受巴塞羅那的拉蒙•貝倫格爾伯爵的保護。伯爵同熙德交戰，被熙德俘虜，但三天後就被熙德慷慨地釋放了。

第二歌：熙德的女兒們的婚禮。熙德從莫雷利亞山區又向地中海沿岸進攻。在卡斯特利翁和穆爾維埃德羅之間，攻占了一些城鎮，直至德尼亞，最後占領了巴倫西亞城。塞維利亞的摩爾國王企圖重新奪回這一重要的城市，結果失敗了。熙德從戰利品中選出百匹駿馬派阿爾瓦爾再次向阿方索國王獻禮以便請求國王准許他的妻女來巴倫西亞相會。阿爾瓦爾•法涅斯順利地完成了使命，將熙德妻女帶回巴倫西亞。熙德全家重新團聚。爲鞏固在巴倫西亞的統治，在宗教方面，熙德任命文武雙全的教士堂赫羅尼莫爲主教。後來摩洛哥國王尤塞弗也來攻打巴倫西亞，也被熙德戰敗了。熙德又從戰利品中選出兩百匹駿馬，派阿爾瓦爾•法涅斯向國王送上，是爲第三次獻禮。

熙德在大小無數次戰役中屢戰屢勝，獲得了大量戰利品，特別在收復巴倫西亞後，威名遠揚。卡斯蒂利亞朝臣大都仰慕這位英雄，但曾被熙德打敗的加爾西亞•奧多涅斯伯爵對他很是妒嫉，這個伯爵的親戚——卡里翁兩公子則垂涎熙德的財物。主要出於圖謀財富，卡里翁兩公子費爾南多和迭戈央求國王作媒向熙德的兩個女兒求婚，國王答應了他們的請求。他們約熙德在塔霍河畔會晤。國王寬恕並讚揚了熙德。兩公子隨同熙德去巴倫西亞舉行婚禮。熙德本心並不贊成這項婚事，只是礙於國王的情面勉強接受的，因而不願主持婚禮。婚禮由國王親自指定的代表阿爾瓦爾・法涅斯主持。

第三歌：科爾佩斯橡樹林中的暴行。本歌一開始描述卡里翁兩公子的怯懦。當摩洛哥國王布卡爾攻打巴倫西亞時，兩公子貪生怕死。熙德左右的人都把他們當作譏笑的目標，但熙德並不具體了解他們的醜行。怯懦的兩公子懷恨在心，策劃以凌辱熙德女兒的暴行妄圖復仇。他們僞稱攜其妻子回卡里翁。熙德答應了，並送給他們一雙寶劍、很多錢財和大批珍寶等禮物。熙德不知是計，但是，在分別時一種不祥的預兆觸動了他。他放不下心，就命其侄費利克斯・穆尼奧斯護送兩女兒。

兩公子對熙德的兩女兒下毒手完全是預謀的。行至科爾佩斯橡樹林中，他們叫穆尼奧斯及所有隨從先行。然後就剝去她們的外衣，慘無人道地進行鞭打，直到打得半死才遺棄在林中，企圖讓猛獸惡禽吞食。幸而穆尼奧斯警覺，悄悄折回探視，才救了堂姊妹倆。熙德得知這以怨報德的消息後，立即派阿爾瓦爾・法涅斯去迎接女兒，同時派穆尼奧・古斯蒂奧斯向國王控訴，希望得到國王的支持。他對穆尼奧斯說：「願賢明的君主也非常痛心，因爲是他嫁出了我的女兒，而我不是主婚人。」國王同情熙德，也感到痛心。他決定在當時的卡斯蒂利亞王國首都❶托萊多市召集所有的貴族、著名的法學家，親自開庭審理此案。兩公子雖不願出庭，但不敢違抗王命。他們在以加爾西亞・奧多湟斯伯爵（熙德的老對頭）爲首的一大幫親朋陪同下，到達托萊多。熙德最後到達該市。開庭後，熙德當衆控訴兩公子的罪行。接著，要求退還以前贈送給他們的一雙寶劍，又要求他們退還嫁妝的價款，最後向公子挑戰決鬥以報仇雪恥。正當熙德痛斥兩公子時，納瓦拉和阿拉貢的兩個王子派遣的使者來向熙德的兩個女兒求婚國王准許再婚，熙德也接受了他們的請求。

決鬥在卡里翁舉行。熙德的三位騎士同兩公子和他們的哥哥阿蘇爾決鬥。結果兩公子及其哥哥都被擊敗並被宣布爲背信棄義的人。

熙德的騎士們凱旋歸回巴倫西亞。全詩就在熙德女兒們的盛大婚禮的快樂聲中結束。

比較上面所介紹的歷史上的熙德和《熙德之歌》中的熙德，我們不難看出，這兩個「熙德」的性格基本相同，但事跡卻有些出入。這裡有必要指出的是，歷史上的熙德確實是西班牙的民族英雄，很值得讚頌，但並不是一生毫無瑕疵的。他曾在摩爾國王軍中服役一事，詩中就沒有提及。發生在距本詩寫作時僅僅幾十年前的歷史事實，作者當然不會不知。但是作者卻只突出了熙德英勇抗擊入侵之敵並取得輝煌戰果的一面，把這個歷史上的並非毫無瑕疵的英雄人物加以升華，從而創造出一個理想化的完美的藝術形象。

---

❶1035～1086卡斯蒂利亞王國的首都爲布爾戈斯市；1087遷都托萊多市。

《熙德之歌》作爲西班牙文學中第一部不朽的史詩已傳誦幾達九個世紀，很多國家有譯本，不少國家已發行過一、二十版，獲得讀者和評論家的讚揚：

一九四九年美籍英國人蒂克納（M. G. Ticknor）在所著《西班牙文學史》（*History of Spanish Literature*）中說：「可以肯定，在過去的十個世紀中——從希臘和羅馬文明的沒落到《神曲》的出現，——在任何一個國家都沒有出現過比它更具有奇特的形式、更逼眞、更充滿活力和瑰麗多彩的詩篇。」

一八一三年蘇格蘭詩人羅伯特・騷塞（Roberto Southey）在《季刊》（*Quarterly Review*）上發表評論說：「可以大膽地說，在《伊利亞特》之後，在所有的詩歌中，《熙德詩》是最富有時代精神的荷馬派詩篇，儘管在那個時代，在那個半島上的語言還是粗糙的和無固定形式的。」

一八一八年蘇格蘭作家哈勒姆（Hallam）在所著《中世紀歐洲狀況概觀》（*A View of the State of Europe during the Middle Age*）中說：「在但丁的作品出現之前，《熙德之歌》勝過所有歐洲的作品。」

一九〇三年著名的西班牙文學評論家梅嫩德斯佩拉約（Menéndez y Palayo）在《卡斯蒂利亞抒情詩人文選》（*Antología de poetas líricos castellanos*）中說：「《熙德之歌》的最大魅力在於它似乎不是吟唱中的詩歌而是生活著的詩歌。全詩無處不充滿著民族感情，使英雄成爲祖國的象徵。詩的偉大不在於它所詠唱的事跡（因爲歷史上比這更偉大的業績還很多），而在於詩中英雄的精神氣質。在他身上匯集了卡斯蒂利亞人的最高貴的精神：意志和語言嚴正、無拘無束而高尙坦率、自然而從容有禮、積極的同情比袖手旁觀爲多，夫婦的內心深處的溫情比表現出來的爲多，對不道德的行爲進行剛直的控訴……」

著名西班牙文學評論家，最權威的《熙德之歌》研究家拉蒙・梅嫩德斯・皮達爾（Ramón Menéndez Pidal）說：「在《熙德之歌》中，反映了使主人翁成爲英雄的人民的最高貴品質。」

也有些評論家把《熙德之歌》與法國的《羅蘭之歌》和德國的《尼布龍根之歌》並稱爲歐洲中世紀三大古典史詩。

上述諸家的評論當然可能有不妥或不全面之處。但是，有一個結論確是舉世公認的，即《熙德之歌》不愧爲世界名著之一，世界文學瑰寶之一。這部史詩深受各國人民的熱愛，原因何在？簡單地說，就是這部文學巨著的主題和藝術原料取自人民群衆，從而能夠反映熙德當代人民群衆的感情和願望。現在讓我們就這點試作說明：

大家知道，自公元前二〇六年，羅馬人侵入伊比利亞半島至一四九二年摩爾人丟掉在西班牙的最後一個據點，在長達近十七個世紀的漫長歲月裡，西班牙人民經受著異族的侵略、壓迫和統治。他們英勇抗擊入侵之敵，特別是和摩爾人的鬥爭連綿不斷，幾達八百年（711—1492）。熙德所處的時代就是西班牙人民向摩爾人鬥爭，並且不斷取得勝利和收復國土的時代。渴望擺脫異族的桎梏、爭取自由、收復國土和統一祖國就是當時西班牙人民的主要思想感情和願望。西班牙人民和摩爾人之間的民族矛盾是當時的主要社會矛盾。作爲封建騎士，又限於歷史、社會及本人的原因，熙德一生並非無瑕，但畢竟十分英勇地抗擊了異族入侵並獲得了非常輝煌的戰果，這是他一生事跡的主流。因而西班牙的人民群衆把他看作自己的英雄，看作民族解放的體現者。從而並有許多關於熙德的傳說在人民中間出現。作者正是融合這些民間傳說，突出他英勇抗擊侵略者並收復國土的一面，從而創造出了一個理想化了的藝術形象。它傳出了西班牙人民的心聲，同時也是當時西班牙社會歷史、時代生活和風土人情的忠實寫照。

史詩作者的姓名已無從考查。但研究家認爲，《熙德之歌》的作者可能是兩位，都是索里亞人，一位在聖埃斯特萬，另一位在梅迪納塞利，可能還都是生活在民間的遊唱詩人。據記載，在梅迪納塞利有一個廣場，是遊唱詩人匯集、賽詩的地方，也是一個繁華的市場。這可進一步說明《熙德之歌》的主題思想和藝術原料是直接來自人民群衆的。

這部史詩的人民性還體現在熙德和國王的關係上。作者把熙德描繪成阿方索國王的忠臣。不論是被放逐期間，還是後來事實上已成爲一方之王時，他都對國王忠心耿耿並向國王多次獻禮。以歷史的眼光來看，這樣的描述也與當時人民的思想感情相一致。這是因爲一方面在當時的時代裡，皇權主義對人民群衆的思想意識影響很大，人民寄希望於國君賢明；另一方面也因爲當時的國王阿方索本人在領導人民抗擊摩爾人、收復國土方面有過一些積極的作爲，起過一定的進步作用。在阿方索統治期間，一〇八五年收復了西班牙中部重要城市托萊多，並於一〇八七年將卡斯蒂利亞王國首都從西班牙北部的布爾戈斯遷到中部的托萊多，從而把國境線向南推移至塔霍河，因而鞏固了已收復的北方國土，有利於進一步去收復南方國土。當時的人民群衆在很大程度上把國王看作驅除異族、統一祖國的象徵，並且認爲諸侯藩臣都應忠於國王，君臣緊密團結才能驅逐入侵之敵、統一祖國。因此，人民群衆頌揚國王及其忠臣，而對桀驁不馴的煊赫的權貴們則深惡痛絕。作者無情揭露、諷刺了卡里翁兩公子及其族人的怯懦、奸詐、殘暴，與對熙德英勇、正直、寬宏的讚揚形成對比，是非分明，態度嚴正，完全符合當時人民的愛憎感情。

另外，作品涉及的生活面廣泛，除了主人翁熙德外，還出現了很多栩栩如生的人物：西班牙人、摩爾人、猶太人、僧侶、軍人、婦女、兒童、國王、大臣、貴婦、欽差、侍女、扈從、商人……作者通過對上述人物活動的描述，向我們生動地再現了當時西班牙社會面貌。

至於這部作品的藝術表現手法，可以說貫穿著現實主義的精神。它描寫的人物和事跡都是生動的、可信的、西班牙的典型。這裡值得提一下的是，上面說過有的研究家認爲《熙德之歌》的作者有兩位，分別生於聖埃斯特萬和梅迪納塞利。我們認爲考察作者是一位或兩位，是否生於上述兩地，現在既無充分論據也不是十分必要。但是，我們可以確認，作者十分熟悉上述兩地及其附近地區。例如卡斯特洪和阿爾科塞爾是兩個離作者所在地區較近的小城鎭，熙德可能在那兒進行過小的戰役而歷史失載了。但作者對它非常熟悉，所以史詩僅描寫熙德攻占和離開上述兩個小地方就用了四百五十行。據歷史記載，熙德包圍和攻占巴倫西亞及其附近地方（赫里卡、翁達、阿爾梅納爾、穆爾維埃德羅、布里亞納和貝尼卡德爾山等）是非常艱巨而重要的戰鬥，花費的時間最長，僅圍攻巴倫西亞前後歷時達二十個月之久，而作者對此事的描述一共只用了一百三十行。可見作品再現歷史又不重複歷史，而是作者根據自己生活體驗的再創造，卻沒有任何非人力所及的虛幻情節或非歷史的形象。

作品語言淳樸自然，一些生動場面似在眼前，例如：

他們持盾保護前胸，
橫下捲上槍旗的長槍，
俯首到馬鞍的前穹，
奮勇殺敵向前衝。
那生在吉時良辰的人高聲叫喊：
「爲了造物主的愛，騎士們，向他們殺砍！」

又如：

你們看：多少槍戟上下翻，
多少盾牌被戳穿，

多少鎧甲被打爛，
多少白色的槍旗血染殷紅，
多少失掉主人的駿馬在奔竄。

作者也善於概括而且含蓄地表達複雜的思想感情。如熙德被國王放逐途經布爾戈斯時，大家異口同聲說：「如果主君賢明，他該是多好的輔相佐卿！」這句話充分表現了人民對熙德的崇敬和愛戴，又在對熙德被放逐表示同情的同時流露對國王同樣深情的批評。又如，熙德和他的女兒離別時，詩人作了這樣令人悲嘆的描敍：「最後他們分別了，正像指甲剝離手指一般同。」

當然，僅僅就語言藝術而論，誕生在西班牙文學的萌芽時代的《熙德之歌》與現代西班牙文學比較還是相對粗糙的，不算洗練和豐富。本歌是遊唱詩的一種。它的寫作主要是爲了向識字不多或不識字的勞動者口頭吟唱，主要要求順口動聽，並不講究韻律；每行的字數也不固定，往往懸殊很大。但是，這部史詩在西班牙文學語言的發展上的重要性是不能忽視的。它是第一部用西班牙文寫成的長篇史詩，對書面西班牙語的定型、奠定西班牙語的基礎起了重要作用。另外，值得提出的是，它也是後來西班牙謠曲、詩歌、傳說、戲劇、故事等藝術創作的主要源流之一。根據《熙德之歌》中的情節，如熙德告別希梅娜、熙德和女兒們的離別、熙德追斬布卡爾、科爾佩斯橡樹林中的暴行等，不少作家寫了專題故事、詩歌、戲劇等文學作品。西班牙著名詩人曼努埃爾・馬查多（Manuel Machado）一九〇七年根據本歌第三一—五一行寫了題爲《卡斯蒂利亞》（Castilla）的詩篇，根據第五〇三、七八一、一三二一—三九、二四五三行，寫了題爲《阿爾瓦爾・法湼斯》（Alvar Fañez）的詩篇。一九一二年詩人利奧維特（J.J. Llovet）根據第二十行（即「如果主君賢明，他該是多好的輔相佐卿！」）寫了題爲《放逐》的詩。一九〇七年，埃杜亞多・馬吉納（Eduardo Marquina）根據本歌中的十六個情節寫了題爲《熙德的女兒們》（*Las hijas del Cid*）的劇本，一九〇八年三月五日該劇首次上演。此外我們還可以看到一些名著的某些情節受了本歌的影響或啓發。世界名著《堂吉訶德》中不僅敍及了熙德，同時還敍及了他的駿馬巴比埃卡以及他的大靠背椅。

有必要提出：《熙德之歌》結局的處理不落俗套。與本歌同時代的史詩以及後至十七、八世紀的一些文學戲劇名著常是悲劇的結局，往往是雙方大批死亡，同歸於盡，或所剩無幾。但《熙德之歌》卻是喜劇結尾：眞善美戰勝了僞惡醜，從而表達了當時人民的心願——掃除邪惡、提倡正義、驅逐侵略者和統一祖國。

此外，由於《熙德之歌》所描敍的歷史事件，人物及地理情況大多是眞實或比較眞實的，因此它對西班牙的歷史學和考古方面的研究也有一定的參考價值。

譯者翻譯本詩，主要依據西班牙馬德里EspasaCalpe, S.A.一九五五年出版的第九版《熙德詩》，同時也參考了阿根廷布宜諾斯艾利斯Editorial Losada, S.A. 一九四〇年出版的《熙德詩》。兩本的章節、行數、注釋等不一致之處，則以上述西班牙馬德里 EspasaCalpe, S.A. 的版本爲準。

譯者　一九八二年一月

目錄

第一歌

熙德❶被放逐

卡斯蒂利亞❷和萊昂❸的國王阿方索六世派熙德徵收塞維利亞❹摩爾國王的貢品；摩爾國王受到卡斯蒂利亞伯爵加爾西亞·奧多涅斯的進攻；熙德在卡布拉❺打敗了加爾西亞·奧多涅斯，並且俘虜和羞辱了他，保護了卡斯蒂利亞國王的藩臣；熙德帶著貢品回到卡斯蒂利亞；但是，他的敵人們在國王御前誹謗他；國王把熙德放逐了

堂阿方索國王派熙德魯伊·迪亞斯徵收科爾巴多❻和塞維利亞兩國國王應繳納的歲貢。當時，塞維利亞國王阿爾穆塔米斯和格拉納達❼國王阿爾穆達法爾相互仇恨很深，是勢不兩立的死敵。

格拉納達國王阿爾穆達法爾身邊有一批富人❽。他們跟他站在一起，幫助他。他們是：伯爵堂加爾西亞・奧多湼斯、納瓦拉國王堂加爾西亞的駙馬福爾東・桑切斯，還有洛佩・桑切斯……這些富人個個都盡力幫助阿爾穆達法爾，出兵進攻塞維利亞國王阿爾穆塔米斯。

熙德魯伊・迪亞斯獲悉他們在興兵進攻塞維利亞國王；而塞維利亞國王是阿方索國王的藩屬和納貢者，所以他對這場事件很不以爲然，並且感到十分遺憾。他給他們所有的人寫信，懇請他們不要反對塞維利亞國王，不要踐踏他的土地，因爲他們都對堂阿方索國王負有義務；還說如果他們一意孤行，那就要他們明白阿方索國王對自己的藩屬（納貢者）決不會坐視不救。格拉納達國王和那些富人對熙德的信毫不理睬，出動了大批兵丁，摧殘了塞維利亞國王的全部領地，連卡布拉城堡❾也沒有幸免。

熙德魯伊・迪亞斯一看到這種局面，就拿出基督教徒和摩爾人的全部力量去反對格拉納達國王，要把他趕出塞維利亞國王的疆土。格拉納達國王和身邊的那些富人知道熙德懷著這樣的目的而來，就派人告訴他：他們不會因爲他而離開那塊土地。熙德魯伊・迪亞斯聽了這些話，認爲如不進攻就將對自己不利，於是出兵跟他們在曠野鏖戰。這一仗從卯時直打到午時❿，格拉納達國王方面被打死的摩爾人和基督教徒很多。熙德打敗了他們，迫使他們逃出了戰場。熙德在這次戰役中俘虜了堂加爾西亞・奧多湼斯伯爵並拔了他一綹鬍鬚⓫……也拔了其他許多騎士和無數非騎士戰俘的一綹鬍鬚。熙德將他們囚禁了三天後全部釋放。在囚禁戰俘期間，熙德派人收集散落在戰場上的金銀珍寶，然後率領整支大軍帶著全部財寶回去見塞維利亞國王阿爾穆塔米斯，他給了國王和國王部下的全體摩爾人所能辨認出的自己的東西，就連他們希望得到的某些財物也給了他們。從此以後，摩爾人和基督教徒都稱頌這位比瓦爾⑫的魯伊·迪亞斯為「熙德康佩阿多爾」，意思是英勇善戰的熙德！

阿爾穆塔米斯贈送熙德許多珍貴的禮品並且繳納了他前來收取的貢品……於是熙德就帶著收到的全部貢賦回來晉見主公阿方索國王。國王對他優禮相加，對他完成使命表示非常滿意。因此就有許多人妒嫉他，想方設法陷害他，在國王面前誹謗他……

國王十分殘暴，對他非常惱怒。後來就聽信了那些人的讒言……下一道敕旨，令他離開王國國境。熙德讀了敕旨後，雖然十分傷心，但他不打算想別的辦法，因為徹底離開國境的限期只有九天。

一

熙德召集家臣；他們跟他一起流放（此處失缺部分繼續補以《二十國王編年史》；接之，則補以本歌的一種改編本的詩句）——熙德告別比瓦爾（佩爾德羅·阿瓦德的手抄本從此處開始）

熙德派人把親屬和家臣全都找來，告訴他們國王如何命令他徹底離開國境，並且只給了九天的限期，他想知道誰願意隨同他一道走，誰願意留下來。

「跟我走的，願天主給他們好報，
想留下的，我也願他們愉快地與我分離。」
於是，熙德的表弟[13]阿爾瓦爾．法涅斯説道：
「熙德啊！走遍荒野和鬧市，我們都將跟隨您，
只要我們還活著，我們就與您永不分離；
跟著您，我們耗盡騾馬，也在所不惜，
也不惜用盡我們的財物和呢衣，
我們永遠是您的忠實的僕隸。」
堂阿爾瓦爾的話，所有的人都同意；
熙德聽了，心裡也非常感激……
熙德離開比巴爾向布爾戈斯[14]進發，
遺下空無一人荒涼的府邸。
他的熱淚奪眶而出落下如珠[15]，

他轉回頭對府邸不停地張望。
看那大門敞開，沒有鎖上，
衣架空著，沒有皮袍也沒有外衣
看不見心愛的獵鷹和蛻換羽毛的雕鶚[16]。
熙德長吁一口氣，因爲心頭憂鬱，感到壓抑。
他用嚴正而克制的語氣說：
「我天上的父啊，榮譽歸於你！
狠心的敵人陷害我，設下這凶狠的毒計！」

二

往布爾戈斯途中的徵兆

時而以馬刺踢馬，時而放鬆韁繩。
他們走出比瓦爾時見到一隻烏鴉飛在右邊，
可是進布爾戈斯的時候，烏鴉已在左邊飛行[17]。

熙德晃一晃頭，又把肩膀聳一聳：
「勇敢些，阿爾瓦爾！咱們被迫離開咱們的土地；
但是咱們決心滿載榮譽再回卡斯蒂利亞城。」 15

三

熙德進入布爾戈斯

熙德魯伊·迪亞斯進了布爾戈斯城， 15b
有六十面槍旗[18]隨從。
布爾戈斯的男男女女，有的走出門， 16b
有的從窗口探頭見識英雄。
他們流著淚，萬分悲痛。
所有的人都異口同聲：
「主啊！如果主君賢明，他該是多好的輔相佐卿！」

四

沒有人讓熙德留宿；只有一個女孩同他説話，叫他離去；熙德不得已在城外的沙灘上紮營

人們本來都樂意他住下，但誰也不敢應承：他們
都知道國王阿方索十分恨他。
昨夜詔書已下達布爾戈斯城，
上面有嚴厲的通告，還蓋著堂堂大印：
不准任何人留宿熙德魯伊・迪亞斯。
誰要留他，應該懂得國王的諭旨：
財產要被沒收，還要失掉一雙眼睛，
軀體和靈魂也不能得救和超升[19]。
基督教徒們[20]忍著深沉的悲痛，
避開熙德，默不作聲。

走近客棧，看見大門緊緊閉關，
門內的人因害怕阿方索國王，都下了決心：
除非他破門而入，決不開門。
熙德的人大聲呼喊，
門裡面的人都不顧答話。
熙德用馬刺踢了一下馬，走到大門前，
一隻腳脱下馬鐙，使勁踢門，
但是大門還是不開，仍舊關得緊緊。
一個九歲的小女孩走到他跟前立停，開言道：
「康佩阿多爾啊！您在吉時良辰佩上劍[21]！
國王有禁令，昨夜發來了詔書：
上面有嚴厲的警告，還有堂堂的大印，
我們都不敢給您開門，讓您棲身；
否則我們將失掉財帛和房屋，
而且還要丟掉雙目。
熙德啊！就是我們遭了殃，您也得不到好處。

但願仁慈的主以他的聖德把您保護。」
小女孩説罷轉身回家。
熙德看到國王對他已恩斷義絶，
於是離開客棧，快馬加鞭穿過布爾戈斯城，
走到聖馬利亞堂[22]，他立刻下了馬；
他雙膝跪倒，虔誠祈禱。
禱告完畢，重新上了馬；
出了教堂門，接著渡過阿朗遜河[23]。
他在就近的沙灘上停住，
並下令扎營，自己也下了馬。
在吉時良辰掛劍的熙德魯伊·迪亞斯啊，
在沙灘上過宿，因爲沒有人敢在家中留他。
忠實的隨員們環繞在他身邊，
熙德就這樣過宿，如同在荒山一般。
他被禁止在布爾戈斯城內購買
任何可以充飢的東西[24]；

人們連一文錢的食物也不敢賣給他。

五

馬丁・安托利內斯從布爾戈斯來給熙德送食品

馬丁・安托利內斯，溫文敦厚的布爾戈斯人，
給熙德和他的隨從們送來麵包和酒；
這不是市上買的，因爲他家裡有，
並且還爲他們準備了征途必需的食糧。
完美的熙德康佩阿多爾
和他所有的隨從都高興異常。
馬丁・安托利內斯開了言，諸位且聽他說什麼：
「生在吉時良辰的康佩阿多爾啊，
今晚咱們在這兒歇息，明天一早就要出發，
我將因侍奉了您而被告發，

在國王阿方索盛怒下，我定遭罪受罰。
但跟您一起逃走，健康的活著，
國王早晚會像朋友一樣待我；
若非如此，我把留下的一切看作一錢不值。」

六

困厄的熙德採納馬丁·安托利內斯的計策；大沙箱

吉時良辰佩劍的熙德講：
「馬丁·安托利內斯，你眞是一員勇將，
如果我興旺，我定給你加倍的俸餉。
但我現在囊空如洗，
你很清楚，我没帶什麼財帛銀兩。
我需要錢來供養我的隨從，
人們不會樂意給我支援，我只好這樣辦：

照你的勸告，準備兩只大箱，
咱們裝滿沙，這樣就會很有分量，
箱面蒙上雕花皮張，然後把它們牢牢釘上。」

七

用兩只箱子去弄取兩個猶太人的錢

「雕花皮張要紅艷艷，釘子要鍍得閃金光。
你悄悄替我到拉克爾和比達斯[25]那兒走一趟，
你說：國王禁止我在布爾戈斯買東西，因爲我觸怒了國王，
我無法帶走這筆過重的財產，
我只有押給他們，僅僅要一個公道的價錢，
他們要在晚上來取這宗財寶，別讓任何人看到，
願造物主和聖徒們都能明正公斷：
我別無他策，只得違心這麼辦。」

八

馬丁・安托利內斯回布爾戈斯找猶太人

馬丁・安托利內斯沒有耽擱時間，
穿過了布爾戈斯市區，進了城堡[26]，
急忙要把拉克爾和比達斯找見。

九

馬丁・安托利內斯和猶太人談生意；猶太人到熙德營帳；他們運走大沙箱

拉克爾和比達斯正在一塊兒
查點著他們賺到的錢鈔，
這時來了馬丁・安托利內斯，他謹慎而機智地開言道：
「噢！這不是我親愛的朋友拉克爾和比達斯嗎？

我有樁事想同二位秘密地商談。」
他們三人趕快到一個僻靜的地方，誰也不肯耽擱時間。
「拉克爾、比達斯，你們倆把手伸給我[27]，
不要把我的事洩露給無論摩爾人或基督徒，
我讓你們賺大錢，你們將來什麼也不感到缺少。
康佩阿多爾曾徵收貢品，
大筆的財寶，價值巨萬，
他把貴重的東西留下了[28]，
因此才被告發，放逐到遠方。
他有兩只裝滿純金的大箱在身邊。
你們也知道國王對他惱恨不淺，
他丟了自己的家產、房屋和宮殿。
現在箱子也不能攜帶了，不然就會被發現，
康佩阿多爾願把箱子寄存到你們手裡，
向你們預借一筆數目公道合理的錢，
你們把箱子拿來要好好看管，

你們應發下忠誠的誓言，
一年之內決不開箱啓鈴。」
拉克爾和比達斯相互商量：
「咱們辦一切事情總是爲賺錢，
咱們清楚地知道他吞沒了一批財寶，
他進入摩爾人的地區時，弄了大筆錢；
帶著錢的人總不能高枕無憂睡個好覺。
咱倆把那兩個箱子拿來，
在別人不能發現的地方存放好。
「那麼請告訴我們熙德打算要多少錢？
再說，今年全年能給我們多少利錢？」
馬丁·安托利內斯機智地答道：
「熙德想要的價錢很公道。
他爲的是讓財寶能妥善保管，向你們不多要。
各地困厄的人都歸向他，大家需要錢，
因此要六百個馬克來度過急難。」

拉克爾和比達斯說：「我們很高興給他這些馬克。」
「你們也看到夜幕已經降臨，熙德正急著等待，
我要求你們立即交給我們這些馬克。」
拉克爾和比達斯說：「從來沒有這樣把交易做，
應該後付錢，先交貨。」
馬丁·安托利内斯說：「我同意這樣辦。
請兩位到大名鼎鼎的康佩阿多爾那裏去拜見。
我們會幫助你們，這也是理所當然，
幫你們取箱子，暫讓你們妥善保管，
要把這件事做得誰也不能發現。」
拉克爾和比達斯說：「我們也贊成這樣做，
拿到了箱子，我們就交給你六百個馬克。」
馬丁·安托利内斯迅速上了馬，
拉克爾和比達斯愉快地跟著他。
爲了不讓布爾戈斯人發覺，
他們不從橋上走，而是涉水過河。

且看他們到了著名的康佩阿多爾的營帳，
他們走進來就吻熙德的手。
熙德淡淡一笑開了口：
「拉克爾和比達斯先生，你們已經把我忘了吧！
我已被放逐，國王對我氣憤不小，
看樣子，你們能得到我的一些財寶，
只要你們在世，你們就什麼也不會缺少。」
拉克爾和比達斯吻熙德的手[29]。
馬丁·安托利內斯已把交易安排停當：
兩只大箱當六百個馬克，
要很好地保管到年底；
爲了使他相信，他們已向他發了誓，
如果他們提前開箱，違背了誓言，
熙德不給一個子兒的利錢。
馬丁·安托利內斯說：「你們趕快搬箱，
拉克爾、比達斯，把箱子抬到安全的地方，

我要到你們那裡去取馬克，
因爲在雞鳴前就要啓程。」
瞧！他們運箱子多麼高興，
雖然身強力壯，很費勁才把箱子抬起，
拉克爾、比達斯得了「財寶」很歡喜，
因爲只要活著，他們做富翁似乎無可懷疑。

十

猶太人和熙德告別；馬丁・安托利內斯同猶太人到布爾戈斯

拉蓋爾吻了熙德的手，然後講：
「康佩阿多爾，您佩劍在一個好時光，
您離開卡斯蒂利亞，將到異邦人住的地方，
這是您命中注定，不過您得的財寶價值萬鎰，
熙德啊！我吻您的手，請求您

賞給我一張摩爾的雕花紅皮。」
「我很樂意，」熙德說，「我答應送您這樣一張紅皮，
從遠方帶給您，要不，將來您就從箱子裡扣錢。」
拉克爾和比達斯帶走箱子，
馬丁·安托利內斯同他們一起進了布爾戈斯，
他們小心謹慎地到了猶太人的住處。
他們在房間中心鋪上一塊床毯，
又鋪上一塊潔白的細布床單，
一下子在上面傾倒了三百個銀馬克，
馬丁·安托利內斯數了數沒有驗稱就收下；
另外的三百馬克用黃金支付，
堂馬丁有五個衛士，他們都揹上了錢。
辦完這些，您們聽他說什麼：
「拉克爾和比達斯先生，箱子交到您們手裡，
我讓你們賺這筆錢，你們也該賞我幾雙襪子[30]！」

十一

由於馬丁·安托利內斯的幫助，熙德有了錢，準備出發

於是拉克爾和比達斯閃到一旁相互商量：
「賺這筆錢的機會的確是他替咱們幫忙。」
他們說：「馬丁·安托利內斯，著名的布爾戈斯人，
您理當享有你的聲譽，我們要贈給您好禮品，
您可以買長襪、好的皮張和漂亮的披巾。
堂馬丁，我們要給您三十個馬克作禮品，
這是您應得酬報，因爲這樣辦才合乎分寸：
您對咱們約定的這件事一定會保持忠忱。」
堂馬丁接受了馬克並感謝他們，
告別了他們兩人後，走出商店門，
他穿過了布爾戈斯又從阿爾朗遜經過，

朝著生在吉時良辰的熙德的營帳飛奔。
熙德張開雙手迎接這位剛到來的人：
「您來了[31]?馬丁．安托利內斯，我忠實的藩臣！
但願有一天我能夠報答一些你的好心！」
「我回來了，康佩阿多爾，並且還帶來了好信，
我給您取得六百馬克，還弄來三十馬克的酬金。
你要下令拔營，並且要求急行軍，
要聖彼得．德卡德尼亞[32]，黎明將迎接咱們；
咱們將見到您的妻子——那高貴的夫人。
要走出這王國，咱們就得加緊前進，
這很必要，出境期滿的日子正在接近。」

十二

熙德上馬，告別布爾戈斯教堂時，許下向聖母的祭壇獻一千個彌撒的願

說完了這些話，他們拔了營，
熙德和他的隨從們飛快上了馬。
熙德的馬頭轉向聖馬利亞[33]，
他把右手舉上臉來把十字劃：
「你主宰天空和大地，我感謝你，上帝啊！
願你的神力保佑我，光榮的聖馬利亞；
由於國王的盛怒，我要離開卡斯蒂利亞；
我不知道今生是否還能再回鄉探望。
光榮的聖母，願你的神力保佑我流亡的生涯，
把我扶救，不論在黑夜，還是在白晝！
果然如此，再加上我交上好運的話，
將來我奉上您祭壇的禮物一定又豐富又精美；
我向你許願，我要給你獻一千個彌撒。」

十三

馬丁·安托利內斯回城

那完美的人[34]告辭了聖靈。
大家都放鬆開繮繩，踢馬啓程。
這時忠誠的布爾戈斯人馬丁·安托利內斯說分明：
「我將去看妻子，我會非常高興，
我要向我手下的人說明我不在時他們應做的事情。
就是國王奪去我的家產，那對我也無足輕重。
我將同您在一起，直到太陽重放光有。」

十四

熙德到卡德尼亞告別他的家屬

堂馬丁回到布爾戈斯城，那熙德也正好啓程，
朝向聖彼得·德卡德尼亞一路催馬飛騰，
陪同他的騎士全是他的心腹隨從。
當康佩阿多爾到達聖彼得城，
雄雞連聲高鳴，朝霞就要出現在天空，
堂桑喬修道長——造物主的信徒，
他這時隨著黎明，發出晨禱聲，
堂娜希梅娜[35]，由五個貼身侍女陪同，
他懇求聖彼得並向造物主的聖靈祈禱：
「萬物之靈的主啊，求您保佑熙德有美好的前程。」

十五

卡德尼亞的衆修士迎接熙德；希梅娜和女兒們來到這被放逐的人面前

聽到叫門聲，大家都明白是什麼事情，

主啊，堂桑喬修道長多麼高興，
衆修士打著燭光燈火出院庭，
非常高興對那在好時辰出生的人表示歡迎。
堂桑喬修道長說：「熙德，我感謝主的聖靈，
因爲我在這兒看到了您的面容，您還要作我的客人在這兒駐停。」
熙德——他在吉時良辰出生——
回答說：「感謝您，修道長，對您的接待我很高興；
我要準備食物，爲了我自用，也爲了供應我的隨從，
因爲我要離開此地，我把五十個馬克交給您使用，
只要我一息尚存，有一天我會加倍向您奉送。
我不願意修道院爲我擔負一文錢的費用；
爲了堂娜希梅娜，這裡我把一百馬克交給您，
今年請您照顧她、她的女兒和她的侍從。
我留下兩個女兒，請多加照顧，她們還都是幼童；
在這裡，堂桑喬修道長，我把她們托付給您，
請對她們和我的妻子儘量多照應。

如果那筆錢用完了，或者將來需要若干補充，
請按她們的需要供應，這是我對您的委托，
您花一個馬克，將來我以四個向修道院把賬還清。」
修道院長高興地全都應承。
你們看，堂娜希梅娜正在走來，
兩個侍女分別抱著她的兩個女兒，
在熙德面前，堂娜希梅娜雙膝跪了下來，
她吻他的手，兩眼淚汪汪：
「多謝主，康佩阿多爾，你生在好時光！
因爲歹人的造謠中傷，您才遭受逐放。

十六

希梅娜悲嘆幼女無依靠；熙德希望將來能親自鄭重地爲女兒辦婚事

「多謝主，熙德，您的鬍鬚生得多美好！

我和您的女兒都在您面前，
她們都很幼小，正度著童年，
還有我的女僕們也在這裡，
我知道您就要離開，
咱們不得不活活地分離。
看在聖母馬利亞的面上，望您把贈言告我們牢記！」
這美髯公伸出雙手，
把女兒們抱在懷中，
他多麼疼愛她們，讓她們緊靠著自己的前胸。
他熱淚泉湧，嘆息吁聲：
「堂娜希梅娜，我的妻，您多麼完美、忠誠，
我愛您就猶如我的魂靈。
咱們要活活分離，您知道這事已經注定，
您將要留下，我將要啓程。
求主和聖母馬利亞的聖靈，
保佑我還能親自料理女兒的婚事，

願我有幸能享有久長的壽命，
好讓我對您，忠誠的妻，陪奉！」

十七

百餘名卡斯蒂利亞人在布爾戈斯集合，投歸熙德

爲康佩阿多爾備辦的筵席非常豐盛。
在聖彼得，響起宏亮的鐘聲。
在卡斯蒂利亞，人們傳說著
熙德康佩阿多爾爲什麼要離開國土的情形，
有的人放棄了房屋、家產來跟隨他離開國境。
那天，在阿郎遜河橋頂，
聚集的好漢有一百一十五名，
大家都要跟熙德康佩阿多爾遠征，
馬丁·安托利内斯帶他們同行，

他們到聖彼得投奔熙德——他在吉時良辰誕生。

十八

百餘名卡斯蒂利亞人到達卡德尼亞並當了熙德的隨從；熙德準備早晨繼續登程；在卡德尼亞的晨禱；希梅娜的禱告；熙德告別家屬；對卡德尼亞的修道長的最後囑托；熙德走上流放的征途；過了杜埃羅河之後，夜幕降臨

當熙德聽說了上述情形，
知道自己可以增加隨從、力量驟增，
他急忙上馬前去接迎。
一看到他們，他就露出了笑容，
大伙走向他，把他的手吻個不停[36]。
熙德說了話，滿懷激情：
「你們爲我放棄了家財和房屋，
我祈求主，靈魂之父，

讓我在死之前，能給你們一些幸福：
讓你們的損失得到加倍償補。」
熙德很興奮，因爲增加了隨從，
其餘的人，因爲能同他在一起，也很高興。
限期中的六天已經消逝，
要知道，還只剩下三天的日子，
國王命令對熙德監視，
如果期滿後，他還在王國停留，
縱然他花上多少金銀，那也無法逃走。
白晝已過去，夜晚即將降臨，
熙德命令召集他的所有勇士們：
「聽我講，好漢們，你們不要痛心；
我隨身的財物不多，但我願滿足你們應得的一份。
應該做的事，你們要留神：
清晨雞叫時分，
你們立刻備馬，不能耽誤時辰；

修道長在聖彼得修道院要做晨禱，
要給咱們做聖三位一體[37]的彌撒；
彌撒一做完，咱們就上馬，
因爲限期快到，征程遙遠，急待進發。」
大家都遵奉熙德的命令行動，
夜晚在消逝，開始了黎明，
他們給馬備鞍，這時正當第二次雞鳴[38]。
大家做晨禱，匆匆忙忙；
熙德和他的妻子進入教堂。
堂娜希梅娜跪在壇前的台階上，
她虔誠地懇求造物主
保佑熙德康佩阿多爾免遭任何災殃：
「光榮的主和父，你在天上，
你造了天空和大地，第三天造了海洋；
你造了星星和月亮，還造了發熱的太陽；
你孕育在聖馬利亞母體中，

按照你自己的意願，在伯利恆誕生，
牧人們對你讚美和歌頌，
三位阿拉伯的國王對你崇敬，
默爾爵、加斯巴和巴爾大撒是他們的名，
他們把黃金、乳香和没葯獻給你，滿懷虔誠。
你拯救了約拿，當時他掉進了大海裡；
你從可怕的牢獄的獅群中拯救了但以理；
在羅馬，你救了聖塞巴斯蒂安，
你從那虛構的冤案中，把聖蘇撒拿拯救；
崇高的主，你用了三十二年的時光在世上奔走，
你創造了奇跡，我們應當歌謳，
你用石頭製麵包，你把水變成酒；
按照你自己的意願，讓拉撒路復蘇；
在髑髏山你被猶太人捉住，
在各各他，他們把你釘上了十字架，
又把兩個大盜分別釘在你的兩旁，

他們一個進了天堂，一個沒能進天堂。
在十字架上，你行的功德也異常：
隆仁本是『盲人』，他從沒有看到過光芒[39]，
他一槍刺在你的肋旁，你鮮血迸流，
鮮血從槍桿流下，浸濕了他的雙手，
他把雙手舉到他的面孔，
他張開了眼睛，四面八方都能看得清，
後來他信仰了你，於是免遭苦痛。
你在墓中復活，
你按照自己的意願下到地獄，
你打破了獄門，把衆先知救出，
你是萬王之王，宇宙之父，
我衷心地對你崇敬、信服。
我還求聖彼得幫助我
懇求主讓熙德康佩阿多爾免遭災難，
我們今日分別，求主保佑我們今生還能團圓。」

做了禱告，做彌撒，
他們走出教堂，準備出發，
熙德走過去擁抱堂娜希梅娜，
她親吻熙德的手，
她不知所措，哭得淚如雨下。
熙德轉臉看著小女兒：
「我把你們交給上帝，靈魂之父；
我們現在分離，知道我們何時再團圓的是主。」
各位想不到他們哭得多麼淒慘，
他們就這樣像指甲與指頭彼此分離。
熙德和他的隨從已準備好出發，
他回頭看見大家都在等候著他，
就在這時，米納雅·阿爾瓦爾·法涅斯說了話：
「熙德，你生在吉時良辰，你的勇氣到哪兒去啦？
咱們要想著趕路，要把這些放得下。
這一切悲痛將來都會變成幸福，

賜給咱們靈魂的上帝會給咱們幫助。」
他們又向堂桑喬修道長囑咐，
請他對堂娜希梅娜和女兒們照顧，
還要照顧所有她身邊的女僕； 385
他們還讓修道長知道，這樣做將得到好的償補。
當堂桑喬轉身歸回的時候，阿爾瓦爾·法涅斯又說：
「修道長，如果有人來要跟我們同行，
告訴他們跟著我們的脚印，直奔前程，
那就會趕上我們，或在荒野裡，或在城鎮中。」 390
他們放鬆繮繩，開始啓行，
限期將盡，他們必須離開國境。
熙德來到了埃斯比納索·德岡[40]休息，
晚上來自各地的很多人向他聚集。 395
第二天早晨又開始趕路。 394
忠誠的康佩阿多爾在離開他的國土， 396
他走在名城聖埃斯特萬[41]的左方，

他經過阿爾庫比利亞[42]；它是卡斯蒂利亞末端的地方，
由卡爾薩達·德吉內亞[43]走過，
從納瓦帕洛斯[44]渡過杜羅河，
熙德來到菲格魯埃拉[45]歇息。
四面八方的人們都來把熙德迎接。

十九

熙德在卡斯蒂利亞的最後一次宿夜；一位天使安慰這位被放逐的人

夜晚降臨，熙德躺下睡覺，
他睡得酣甜，做的一夢很美好。
天使長加百列來到他眼前說道：
「熙德，英勇的康佩阿多爾，上馬吧，
還從沒有過好漢在這樣的良辰上過馬；
你只要活著，將來就會有時來運轉之日」

一覺醒來，熙德就舉手上額劃了十字。

二十

熙德在卡斯蒂利亞的邊界上紮營

劃過十字，熙德對上帝讚頌，
他很高興這樣的夢境，
次晨，他們又繼續登程。
各位知道，這是限期的最後一天，
他們趕到米耶德斯山[46]中休息，
休息的地點就在摩爾人的阿蒂恩薩碉堡[47]右邊。 398

二十一

熙德清點人數

太陽將落，夕照滿天，
熙德康佩阿多爾命令部屬把人數查點：
壯丁、兵勇都不算，
帶旗的長矛有三百桿[48]。

二十二

熙德進入托萊多摩爾王國；阿方索國王的納貢國

「盡早用大麥餵牲口，造物主一定會把你們拯救，
誰要吃飯就吃飯，不要吃的就上馬把路走。
咱們要越過那雄偉的高山，
今晚咱們就能把阿方索王的國土拋在後邊。
今後如有人來尋找咱們，也能把咱們尋見[49]。」
他們在夜晚越過山頂，
次日早上，就從山頂走下來。

在一片森林中，這森林奇異而廣大，
熙德叫大家休息並且餵馬。
他把當晚還繼續行軍的打算告訴大家；
大家都是他的好部下，
都衷心地遵從主人吩咐的話。
在傍晚之前，他們又開始出發；
熙德所以這樣做，是爲了不讓任何人發現他。
他們沒有休息，整整走了一個晚上，
在埃納雷斯河畔，人們稱作卡斯特洪[50]的附近地方，
熙德布置他率領的人把伏擊準備停當。

二十三

作戰計劃；熙德突襲奪得卡斯特洪；先鋒隊進攻阿爾卡拉

熙德整夜埋伏，

這是採納阿爾瓦爾・法涅斯・米納雅的勸囑：
「啊，熙德，您在吉時良辰佩劍，
因爲咱們要突襲卡斯特洪，
您可帶領隨從一百人
留在這兒作後盾，
請派兩百人跟我去衝鋒陷陣；
同上帝一起，並托你的洪福，我們會得到大批戰利品。」
康佩阿多爾答道：「您說得好，米納雅；
您帶領兩百人去打先鋒，
同去的阿瓦爾・阿爾巴萊斯和阿爾瓦羅・薩爾瓦多雷斯都很忠誠，
還有加林・加爾西亞斯，他跟一支勇敢的槍相同，
好騎士們會把你米納雅陪從。
不要畏縮不前，要勇敢地向前衝，
從依塔[51]往下走，經過瓜達拉哈拉[52]，
先鋒隊直達阿爾卡拉[53]，
然後要把所有戰利品收管好，

不要因爲怕摩爾人而丟失分毫。
我帶領一百人拿下卡斯特洪作後盾[54]，
在那裡咱們將能很好地藏身。
假如先鋒隊遇到什麼險情，
馬上派人到後方告知我分明。
整個西班牙都將議論這件重要的事情。」
打先鋒的人
以及同熙德一起留作後盾的人都已被指定。
天已破曉，早晨來臨，
太陽出來了，上帝啊，多麼美的黎明時分！
卡斯特洪的人們都已起身，
開城後，他們走出城門，
他們出來勞動，到田間耕耘。
人們都出了城，但還讓城門開著，
留在卡斯特洪城內的只有很少的人，
走出城的人們都分散著不成群。

康佩阿多爾從埋伏中走出來，
圍著卡斯特洪走了一圈，沒有碰到障礙。
他們抓了一些摩爾男女，
還捉了在城周圍走動的牲畜。
熙德堂羅德里戈向城門奔去；
守衛的人們見他來把城門攻取，
就丟下城門逃跑，心裡很恐慌。
熙德·魯伊·迪亞斯走進城門，
出鞘的劍拿在手中，
殺了他遇到的十五個摩爾人，
他奪得了卡斯特洪，得了金銀。
他的騎士們也都奪來了戰利品，
他們一點不吝惜地全部交給熙德，不留毫分。
同時，那打先鋒的兩百零三人，
也毫無恐懼地跑遍各地奪取東西；
米納雅的旌旗一直插到阿爾卡拉，

從那裡，從埃納雷斯上遊和瓜達拉哈拉，
他們帶著戰利品轉回程。
他們帶來大量戰利品，
其中，牛羊成群，
還有服裝和寶貴的物品。
他們驕傲地高高舉起米納雅的大旗，
誰也不敢從他們背後襲擊，
這支隊伍帶著戰利品凱旋而歸；
他們已經來到了康佩阿多爾所在的卡斯特洪。
命人守衛著城堡，康佩阿多爾上了馬，
他帶著衛隊出來歡迎他們，
他張開雙臂迎接米納雅並且講：
「您回來了？阿爾瓦爾·法涅斯，『勇敢的槍』！
我派了您，才沒有辜負我的期望。
我把這些那些戰利品收集在一起，
米納雅，如果您願要，我把全部五分之一[55]給您。」

二十四

米納雅沒有接受任何戰利品，而且還發了莊重的誓言

「我非常感激您，著名的康佩阿多爾，
因爲你給我的那五分之一戰利品，
就是卡斯蒂利亞的阿方索得到這些也會歡喜，
但是我不要分毫，全都交還您。
我向天上的上帝起誓：
我決不自滿，只要騎上駿馬，
同摩爾人戰鬥在疆場，
只要鮮血不在我的肘下流淌，
我就握住我的劍，使用我的槍，
魯伊·迪亞斯，著名的戰士，永遠追隨您。
我不份外拿您一分一文；

我接受您今後爲我獲得的好東西，
但現在，我要把所有這些都交到您手裡。」

二十五

熙德把他所得的那五分之一戰利品賣給摩爾人；他不願與阿方索國王交戰

集合了所有的戰利品，
熙德他生在吉時良辰，
他料想阿方索王的軍隊
定要策劃攻擊他們。
他命令立即分發戰利品，
並叫領到的人登記表明自己確實分了一份。
他的騎士們得到的很多，
每人一百個銀馬克，
兵丁得此數的一半；

戰利品的五分之一歸熙德，
在這裡，熙德無法把它們變賣或送人；
他也不想帶著男女俘虜行軍。
他同卡斯特洪人商談並派人到依塔和瓜達拉哈拉，
打聽這五分之一的戰利品能賣什麼價錢，
儘管人家出價小，但總的數目還很大。
摩爾人願出三千個銀馬克，
熙德同意這個價格，
第三天，交付了馬克，沒有差錯。
熙德認爲他和他的所有隨從，
不能在這城堡久停，
因爲雖然能夠把它守住，但是會有缺少水的可能。
「摩爾人現在不打仗，因爲協約已經簽訂[56]，
阿方索王會帶他自己的軍隊來追蹤，
各隊人馬，米納雅，聽令：離開卡斯特洪！」

二十六

熙德向屬於巴倫西亞摩爾王的薩拉戈薩的土地[57]前進

「望你們不要誤解我講話的意願：
咱們不能在卡斯特洪停留更長的時間；
因爲阿方索王離此不遠，他會來追趕。
但我不會把這要放棄的城堡摧殘；
我要把一百名男摩爾人和一百名女摩爾人釋放，
這樣，他們就不會因爲當過俘虜而對我口吐惡言。
我報酬了你們所有的人，沒對一個人短欠。
明天咱們將迎著黎明出發，
我願與我的主公——阿方索交戰。」
大家都認爲熙德所說的是眞知灼見。
他們都袋盈囊滿地離開了占領過的碉堡；

男女摩爾人都爲此祝福祈禱。
他們盡快走過埃納雷斯上游；
經過阿爾卡里亞斯[58]繼續騎馬向前走，
他們經過安吉塔的山洞[59]，
渡過河就進入塔朗斯田野[60]，
盡力在那片土地上趕路。
在阿里薩和塞蒂納[61]之間，熙德停下來歇宿，
在那些地方，他獲得的戰利品很多，
摩爾人摸不清他們的策劃。
翌日，比瓦爾的熙德啓程，
經過阿拉馬[62]，又從奧斯[63]走下，
走過布比埃卡[64]，然後又向前經過阿特卡[65]；
快到阿爾科塞爾[66]時，
才在一座堅固的圓形山丘上駐馬，
因爲哈隆河流經旁邊，水源不會被切斷，
熙德打算把阿爾科塞爾奪占。

二十七

熙德在阿爾科塞爾附近山丘上扎營

他們在山丘駐下，牢牢紮下營盤；
有些紮在山崗，有些紮在河邊。
英雄康佩阿多爾，他佩劍在一個好時光，
他命令壯士們，在山丘周圍，緊靠河的地方，
挖通一條防護溝，與河接上，
這樣不論白天或晚上，摩爾人都不會來進攻；
同時也讓摩爾人猜想熙德會長期住在那山丘上[67]。

二十八

摩爾人的恐懼

熙德在阿爾科塞爾附近把營安，
他被趕出了基督徒的土地，來到摩爾人一邊，
這個消息在各地流傳，
在附近的地方，到城外種地的人們心驚膽寒。
阿爾科塞爾城堡獻了貢品，
熙德和他的部屬非常高興。

二十九

康佩阿多爾計取阿爾科塞爾

阿爾科塞爾人已經向熙德獻了貢品，
阿特卡[68]人和特雷爾[69]人也把貢品送到。
要知道，這使卡拉塔尤德[70]人很不高興。
在這裡熙德停駐了十五個禮拜以上。
熙德已經看清阿爾科塞爾不會投降，

他心生一計，馬上行動：
命令留下一個營帳，其餘全部拔營。
他們舉旗沿著哈隆河向下游前進，
全都身披護甲，寶劍繫腰不在手，
狡黠的熙德要把敵人引誘。
阿爾科塞爾人看到這般情形，上帝啊，都相互慶幸：
「熙德的麵包和大麥肯定已經消耗一空，
他不得不拔了全部營帳，只剩下一個没動。
熙德行軍像逃跑的敗兵，
咱們現在向他進攻，得到的戰利品一定數不清。
否則，特雷爾城鎮的人就會來強爭，
如果他們奪到，咱們就會落空，
熙德收過咱們的賦貢，今天要他加倍清償。」
摩爾人跑出阿爾科塞爾，快得實在少見。
看見他們跑出城，熙德就裝作逃竄。
在哈隆河的下游，軍容顯得紊亂。

阿爾科塞爾人說：「啊，『戰利品』已經離開了咱！」
大人、小孩都衝出門，
別的什麼也不想，一心只想得到戰利品，
沒有人看家，各家都敞著門。
熙德康佩阿多爾向後回頭看得眞：
阿爾科塞爾人已遠離自己的城堡。
他立即命令部下調轉大旗，踢馬回頭飛奔。
「騎士們，莫膽怯，向前殺敵人，
造物主保佑，勝利一定屬於我們！」
他們在一片平原上同敵人混殺一陣，
上帝啊，那天上午他們多麼稱心！
熙德和阿爾瓦爾·法涅斯踢馬向前馳奔；
他們的駿馬實在好，眞使主人歡心；
這兩位騎士已經向摩爾人和城堡之間插進。
熙德的部隊猛烈無情地進攻，
不一會就砍下了三百名摩爾人的首級。

這時埋伏的人高聲呼叫，
奮起轉向城堡奔跑[71]，
他們把守了城門，刀劍出鞘。
打敗摩爾人後，接著自己的人都來到城堡。
你們瞧，熙德就是這樣用計把阿爾科塞爾攻克了。

三十

熙德的大旗在阿爾科塞爾飄揚

佩德羅·貝穆德斯舉著大旗來到，
在最高的地方，他把大旗插牢。
生在吉時良辰的熙德說道：
「感謝天主，感謝諸位聖徒！
咱們的人馬將會有較好的住處。」

三十一

熙德對摩爾人的寬容

「阿爾瓦爾·法涅斯和衆騎士，你們聽著：
奪了這座城堡，咱們得的東西眞不少，
摩爾人有的戰死了，我看活著的也是寥寥。
這些摩爾男女，咱們不能把他們賣掉，
如果砍了他們的頭，咱們什麼也不會得到，
咱們要當他們的主人，還讓他們住在這城堡，
咱們要住在他們家裡，他們要把咱們侍奉好。」

三十二

巴倫西亞國王想收復阿爾科塞爾；他派了一支軍隊攻打熙德

620

熙德擁有了戰利品，他就在阿爾科塞爾駐下；
他命令留在郊外的那座營起拔。
這情況使阿特卡人悲傷，特雷爾人也不歡暢，
要知道，這也使卡拉塔尤德人憂傷，
他們寫了一封信送給巴倫西亞國王。
信上講人稱比瓦爾的熙德魯伊·迪亞斯的人
「被趕出了卡斯蒂利亞，因爲他觸怒了阿方索國王，
他在阿爾科塞爾附近紮營，固若金湯，
他進行了一次襲擊，城堡已經奪到手上，
如果你不給我們幫助，你就會把阿特卡和特雷爾丟掉。
你還會失去卡拉塔尤德，自己也跑不了，
你在哈隆河沿岸的處境會很糟，
在希洛卡[72]那邊的情況也不會比這好。」
塔明國王[73]得知此事，心中很不高興，他命令：
「我身邊有三位摩爾首領，
兩位要馬上出發，

帶領全副武裝的摩爾人三千名，
你們還能得到邊界上人們的支援。
要把那個人生擒，並把他帶到我面前，
他必須向我付出代價，因爲已經進入了我的地盤。」
三千名摩爾人騎馬上路，
他們在塞戈爾維[74]休息，度過當天夜晚。
翌晨他們又上馬把路趕，
到塞利亞[75]又歇宿了一晚。
他們傳令把邊境上的摩爾人召喚，
從各處來的摩爾人都匯集到他們這邊。
然後，離開了那運河上的塞利亞，
毫不歇息奔走一整天，
到了卡拉塔尤德才能休息安眠。
他們派了很多報子[76]把口令傳，
很多人都匯集到這裡，
首領加爾維和法里斯走在前，

他們要去阿爾科塞爾英雄熙德布下包圍圈。

三十三

法里斯和加爾維在阿爾科塞爾包圍熙德

摩爾人搭起帳篷紮了營，
他們的人力增長了，因爲很多人都在這兒集中。
突出的是前衛，
他們全副武裝，奔走如風，
前衛衆多，中軍勢盛。
他們已經把熙德人馬的水源切斷。
魯伊·迪亞斯的衛隊要求出戰，
這出生在吉時良辰的人堅決阻攔。
包圍持續了三個禮拜的時間。

三十四

熙德對他部下的勸告；秘密的準備；熙德出戰法里斯和加爾維；佩德羅·貝穆德斯一馬當先殺前陣

三個星期過後，第四個星期來到，
熙德同他手下的人商討：
「他們已經斷了咱們的水源，咱們的糧食也會缺少，
他們不會讓咱們在夜晚脫逃；
如要同他們打，他們的力量大；
告訴我，騎士們，你們想採用什麼辦法？」
米納雅，勇敢的騎士，他第一個講話：
「咱們被流放出美好的卡斯蒂利亞，
如果不同摩爾人打仗，咱們就會絕糧。
咱們的人有六百零幾，

沒有別的辦法，以造物主的名義，
明天拂曉，咱們就出擊。」
康佩阿多爾說：「您說的正合我意，
您一定會履行諾言，米納雅，您是忠實的人。」
熙德命令把男女摩爾人都趕出，
這是爲了不讓任何人知道秘密。
他們日夜都在準備。
次日拂曉，初現晨曦，
熙德和他的戰士們都武裝齊備，
熙德講了話，正如各位下面聽到的：
「除了兩名守門的步兵，
咱們都要打出去，誰也不要留在城裡，
如果咱們死在戰場，他們就會進城堡，
如果打了勝仗，咱們的財物會增長不少。
您，佩德羅·貝穆德斯，打著我的旗，
您是位很好的騎士，您會忠實地把它高舉起，但是，如果沒有我的命令，您不要刺馬向前衝擊。」
佩德羅吻熙德的手，接過了旗。
他們打開了城堡的門，沖出城堡，
馬上回營報告，
摩爾哨兵看到後，
摩爾人立即披上戎裝，可眞是忙得不可開交！
鼓聲隆隆，似乎大地都要裂開，
瞧！摩爾人披甲戴盔急急匆匆上陣來。
在摩爾人一邊，兩面大旗打前鋒，
還有很多面小旗，誰能數得清？
摩爾人的隊伍已經向前移動，
他們向熙德和他部下進攻。
「各衛隊，安靜，都在原地，不要動！
誰都不要離開行列，除非有我的命令。」
佩德羅・貝穆德斯忍住內心激動，
他手舉大旗縱馬向前衝：

「忠實的熙德康佩阿多爾，願造物主保佑您安寧！
我要把您的大旗揷進敵人的主隊中，
我會看到護衛大旗的人如何把任務執行。」
康佩阿多爾說：「爲了博愛，你這麼幹不行！」
佩德羅·貝穆德斯回答說：「別的辦法行不通。」
他踢馬向前，衝進敵軍的大營。
摩爾人把他包圍，想把大旗奪下，
雖然打擊很重，但沒能擊破他的鎧甲。
康佩阿多爾說：「爲了博愛，保護他！」

三十五

熙德的戰士爲了救佩德羅·貝穆德斯而進攻

他們持盾保護前胸，
橫下卷上槍旗的長槍，

俯首到馬鞍的前穹，
奮勇殺敵向前衝。
那生在吉時良辰的人高聲叫喊：
「爲了造物主的愛，騎士們，向他們殺砍！
熙德康佩阿多爾‧魯伊‧迪亞斯‧德比瓦爾就是俺[77]！」
他們集中向一隊敵人進攻，因爲佩德羅被圍在中間，
佩有槍旗的長槍三百桿，
每人一槍一個把摩爾人刺殺，
在殺回馬槍時，他們又刺死敵人若干。

三十六

擊潰敵軍

你們看：多少槍戟上下翻，
多少盾牌被戳穿，

多少鎧甲被打爛，
多少白色的槍旗血染殷紅，
多少失掉主人的駿馬在奔竄。
摩爾人喊穆罕默德[78]，基督徒把聖雅各[79]呼喚。
在這疆場的一塊小空間，
摩爾人就死去了一千三！

三十七

評述主要的基督徒騎士

熙德魯伊·迪亞斯，好武士，
騎在金色的馬鞍上，戰鬥得眞英勇；
米納雅·阿爾瓦爾·法涅斯曾在蘇里塔發號施令[80]；
馬丁·安托利內斯，這布爾戈斯人，爲人忠誠；
穆尼奧·古斯蒂奧斯[81]，他是在熙德家中長成；

馬丁·穆尼奧斯，曾在蒙特馬約爾[82]發號令；
還有阿爾瓦羅·薩爾瓦多雷斯和阿爾瓦羅·薩爾瓦多雷斯[83]；
加林多·加爾西亞[84]，這善良的人來自阿拉貢；
費利克斯·穆尼奧斯[85]，他是康佩阿多爾的好侄子；
所有這些人同心協力，
保衛熙德康佩阿多爾和大旗。

三十八

米納雅遇險——熙德殺傷法里斯

米納雅·阿爾瓦爾·法涅斯的馬被殺，
基督教徒的衛隊把米納雅救下，
他的長槍被折斷，伸手把劍拔，
他雖是步行，仍然勇猛地攻打，
他看見那卡斯蒂利亞——熙德魯伊·迪亞斯，

緊追一個敵將，因那敵將騎著一匹好馬，
熙德右手執劍重重地砍下，
把敵將的身軀齊腰砍斷，將他的半截身子向疆場拋下。
熙德把那匹馬給了米納雅，
「您是我的右臂，米納雅，騎上它，
今天我還要您出力很大，
摩爾人頑強，還不願把戰場丟下，
咱們要堅持攻打。」
米納雅手執寶劍騎上馬，
在敵軍中勇敢地戰鬥，
敵人一碰到他，就被砍殺。
熙德魯伊·迪亞斯，他誕生在吉時良辰，
他向首領法里斯三次砍殺，
兩次不準，第三次砍中了他，
鮮血流淌在護甲下，
那首領拉起繮繩掉轉馬，逃出陣外下戰場，

熙德砍了這一劍，勝利地結束了此番廝殺。

三十九

加爾維受傷，摩爾人被打敗

馬丁·安托利内斯一槍刺向加爾維，
把他頭盔上的紅寶石擊碎，
長槍穿過頭盔刺進肉裡，
各位要知道，這摩爾人再也不敢等著挨第二次槍擊。
首領法里斯和加爾維都打了敗仗，
這是多麼好的基督日期，
摩爾人四散奔逃南北東西！
熙德的人馬緊緊地追擊，
首領法里斯逃進特雷爾；
但這兒無人肯接受加爾維，

於是他就向卡拉塔尤德逃竄跑得急，
康佩阿多爾緊緊尾追不放鬆，
一直追到卡拉塔尤德城。

四十

米納雅看到自己的心願實現了；戰利品；熙德爲國王準備一份禮物

米納雅騎著那馬很稱心，
他殺了三十四個摩爾人，
他用鋒利的寶劍砍殺敵人，臂膀濺得血淋淋，
血流循著小臂而下，好像泉水涔涔。
米納雅說：「現在我很高興，
熙德魯伊·迪亞斯在戰場上得勝，
這好消息一定會向卡斯蒂利亞傳送。
很多摩爾兵喪生，少數人保住性命，

還有一些人倒在緊跟的追擊戰中。
生在吉時良辰的熙德率領人馬回營，
熙德騎著駿馬在前，
他頭戴防護帽，上帝啊，襯托著一口美髯的面容！
兜帽掀在背後，寶劍握在手中。 790
熙德看著向他走來的士兵：
「感謝上帝在天之靈，
咱們在戰鬥中得勝！」
熙德的人搜索摩爾人的兵營，
盾牌、武器和別的大批財物都搜羅一空， 795
他們從摩爾人手中，
得到五百一十匹馬。 796b
這些基督教徒非常高興，
他們發現自己的人員只少了十五名。
他們拿來的金銀數不清；
所有這些基督教徒都將變成富裕的人。 800

他們又讓摩爾人回到城堡中[86]，
熙德還命令拿些戰利品向他們贈送。
多麼興高采烈，熙德和他的隨從。
熙德下達分發金錢和大批財物的命令，
五分之一的戰利品歸熙德，共合馬匹一百整。
上帝啊，把錢財分給全體部下，多麼寬宏，
不論是騎士或是步兵！
這生在吉時良辰的人妥善地安排了這一切，
他讓所有的人都感到高興。
「米納雅，你是我的右臂，你把我的話來聽！
從上帝賜給咱們的財寶中，
您隨意拿多少都行，
我想派你到卡斯蒂利亞把消息傳送：
咱們在這次戰鬥中已經得勝，
我想派你去見流放我的阿方索國王，
並以三十匹馬向他奉送，

每匹馬都配備好馬鞍、轡頭和韁繩，
每座鞍的前穹上都掛寶劍一柄。」
米納雅說：「我很樂意把此事完成。」

四十一

熙德向布爾戈斯的教堂還願

「這兒一隻高筒靴，
黃金和純銀已把它裝得滿滿[87]；
你到布爾戈斯聖馬利亞教堂還上一千個彌撒的願；
再給我的妻女所有剩下的錢。
告訴她們要日夜爲我祝福；
只要我活著，她們都將成爲貴婦。

四十二

米納雅出發去卡斯蒂利亞

阿爾瓦爾·法涅斯很高興，
檢閱要同他一起走的隨從。 826b
接著，他們給馬餵大麥，這時已經夜色朦朧。
熙德魯伊·迪亞斯同他的部下相約定：

四十三

告別

「您要走了[88]？米納雅，您就要去美好的卡斯蒂利亞？
您對咱們的朋友可以這樣講： 830
上帝保佑咱們打了勝仗。

你回來時也許還會在這裡和我們相見；
如果不在，您就去追蹤打聽。
我們靠的是寶劍和長槍，
不然，在這貧瘠的土地上，我們不能生存，
我想我們必須離開這僻壤窮鄉。」

四十四

熙德向摩爾人出售阿爾科塞爾

已經安排妥當，米納雅清晨出發，
熙德康佩阿多爾和他的部隊留下。
這兒的土地貧瘠，土質極差，
邊界上的摩爾人和其他異族的人，
每人都對熙德康佩阿多爾窺察。
首領法里斯傷愈後，一些人勸告他[89]；

於是，特卡和特雷爾城鎮的人，
還有卡拉塔尤德——更富有的城市——人，
同熙德商談並簽署了一道公文：
熙德以三千銀馬克把阿爾科塞爾賣給他們。

四十五

賣阿爾科塞爾（重複）[90]

熙德魯伊·迪亞斯把阿爾科塞爾賣掉；
他分給自己部下的錢真不少！
他的騎士和步兵全富裕了，
他們中間一個窮困的人，你也找不到。
誰侍奉一個好主人，誰就總會生活得好。

四十六

離開阿爾科塞爾；吉兆；熙德在蒙雷亞爾[91]的上方波約[92]安身

熙德要離開城堡的時分，
男女摩爾人都悲嘆、傷心：
「您走後，熙德，我們祈禱伴隨著您前進！
我對您，主人啊，懷著感激之心[93]。」
當比瓦爾的熙德離開阿爾科塞爾的時分，
男女摩爾人抽泣、淚水沾襟。
舉著大旗，康佩阿多爾的隊伍向前進，
沿著哈隆河下游，踢馬飛奔，
當橫渡哈隆河時，衆多吉祥的鳥兒報喜訊。
特雷爾人高興，卡拉塔尤德人更稱心，
阿爾科塞爾人傷心，因爲熙德曾對他們施大恩。

熙德繼續催馬前進，
到了位於蒙雷亞爾上方的波約才安身。
波約是一座大山，奇突高峻；
要知道，在這個地方，不管敵人從哪兩方面進攻，都無須擔心。
熙德馬上命令達羅卡城[94]繳納貢品，
還叫莫利納上貢，這城市位於另一旁[95]，
第三個納貢城特魯埃爾[96]，位於前方，
還有運河上的塞利亞[97]也已經控制在他手上。

四十七

米納雅到達國王面前；國王寬恕米納雅，但不寬恕熙德

願上帝賜熙德魯伊·迪亞斯恩寵！
阿爾瓦爾·法涅斯·米納雅奔向卡斯蒂利亞，
他帶來三十匹馬向國王獻奉。

看到了馬，國王高興露笑容：
「誰給您的這些馬？米納雅，願上帝賜給您恩寵！」
「熙德魯伊·迪亞斯，他在一個好時光佩上劍，
您把他流放後，他用計把阿爾科塞爾奪到手上；
這個消息傳至巴倫西亞國王，
國王命令把熙德包圍又斷水，
熙德走出城堡，戰鬥在疆場，
在那場戰役中，熙德打敗了摩爾頭子一雙，
他得到的戰利品，主公啊，眞是豐富異常，
他把這份禮物獻給您光榮的國王，
他親吻您的脚和手，
願您對他開恩，保佑您的是造物的上蒼。」
國王講：「流放的人失去了主公的恩賞，
才過了三幾個禮拜[98]，
現在召回他，流放的時間不夠長。
不過，我且收下這份獻禮，因爲它來自摩爾人所在的地方；

我還是爲熙德獲得這樣好的戰利品表示欣賞。
特別是，米納雅，
我歸還您的權位和田莊[99]，
您可以自由出入，得到我的恩寵，
不過，關於熙德康佩阿多爾，我没有什麼話可以對您講。」

四十八

國王允許基督教人投奔熙德

「阿爾瓦爾·法涅斯，此外，我要對您講：有些人勇敢而善良，
他們想去幫助熙德而離開我的王國國疆，
我任他們自由地離去，也不没收他們的財產田莊。」
米納雅·阿爾瓦爾·法涅斯吻了他的手，然後講：
「天生的主公，我感謝您，國王；
您現在恩賜這一切，今後還會更多頒賜恩賞；

有上帝的保佑，遵照您的旨意，我們會永遠歡暢。」
國王說：「米納雅……這就不用再講。
您走遍卡斯蒂利亞，沒有人會把您阻擋，
你找熙德去吧，不必恐慌！」

四十九

熙德從波約遠征；米納雅率兩百名卡斯蒂利亞人同熙德相會

現在我再把那在好時辰佩劍的人給各位講一講：
他在波約山上紮了營帳；
只要這個世界不覆亡，
人們就會在史籍上以「熙德的波約」稱呼這個地方[100]。
熙德在那兒爭得了很多土地，
他使整個馬丁河谷紛紛交上貢品。
這些消息一直傳到了薩拉戈薩，

使這裡的摩爾人很是憂傷。
熙德在那兒度過了十五個禮拜，
當這位首領估計到米納雅要耽擱時光，
他和他的全部人馬乘夜色轉移他方。
他拋棄了那兒的一切，離開了波約山崗。
熙德堂羅德里戈經過特魯埃爾省的邊緣地方，
直到特瓦爾松林[101]才紮營。
他搶掠了所有那些他經過的地方，
並且還使薩拉戈薩也把貢品交上。
做完了這些事，已過了三個禮拜，
這時，米納雅從卡斯蒂利亞來到，
他率領著兩百名騎士，全都有寶劍佩帶身上；
還有步兵，各位知道，眞多得數不清。
當熙德遙望米納雅來到，
他立即飛馬前去把米納雅擁抱，
把他的嘴和眼睛都吻到。

米納雅毫不隱瞞地把一切經過對他詳告。
康佩阿多爾愉快地微笑：
「感謝上帝，感謝諸聖徒的關照，
米納雅，只要你活著，我的事業就會幹好！」

五十

被流放者得到來自卡斯蒂利亞的消息時的歡欣

上帝啊，全軍眞是一片歡騰雀躍，
這是由於米納雅來到，
他告訴他們的弟兄和表親們的消息，
又把他們伴侶在家中的近況面告！

五十一

熙德的歡欣（相似詩組[102]）

上帝啊，那美髯公[103]十分歡喜，
因爲阿爾瓦爾·法湼斯還了那一千個彌撒的願，
並告訴了他妻女的消息！
上帝啊，熙德多麼滿意，多麼歡喜！
「阿爾瓦爾·法湼斯，願您永遠康健，
你完成使命這麼好，你比我們都能幹！」

五十二

熙德突襲阿爾卡尼斯[104]附近各地

那生在好時辰的人不耽擱時間，

他親自把兩百名騎士挑選，
組織了一次奇襲在夜晚。
他越過阿爾卡尼斯的荒涼土地，
在附近各地掠奪金錢細軟，
第三天，他又回到原來出發的地點[105]。

五十三

摩爾人的教訓

這消息傳到了四面八方，
使蒙松[106]人和韋斯卡[107]人憂傷；
但是，薩拉戈薩人卻感到歡暢，因爲他們已交上貢品，
他們不擔心熙德魯伊·迪亞斯會傷害他們。

940

五十四

熙德離開波約；掠奪巴塞羅那伯爵所庇護的地方

熙德的騎士們都回到營地，
帶來了大批戰利品，皆大歡喜；
這使米納雅很高興，熙德很滿意。
熙德微笑了，但卻不得不說出自己的心計：
「騎士們，現在我要把眞話對你們講：
誰要總是住在一個地方，誰的一切都會逐漸消亡；
明天清晨咱們就要上馬，
放棄這兒的營地，奔向前方。」
於是熙德轉移到了奧洛考[108]碼頭上；
從這裡，熙德向韋薩和蒙塔爾萬襲擊；
那次襲擊延續了十天的時光，

傳到各地的消息都講：
那從卡斯蒂利亞被流放的人帶來了巨大禍殃。

五十五

巴塞羅那伯爵威脅

這消息傳到了各地，
也傳到了巴塞羅那伯爵那裡，
消息說，熙德魯伊·迪亞斯要襲掠他的所有土地[109]！
這使他憂心忡忡，並認爲奇恥無比。

五十六

熙德妄圖安撫伯爵

那伯爵好吹牛，說話很自負：

「那比瓦爾的熙德對我這般欺侮，
就在我的府內，他曾給了我很大凌辱[110]：
他傷害了我的侄子，但卻從不改正錯誤；
現在又在我庇護的土地上擄掠，
我沒有向他挑釁，也不曾同他斷絕友情[111]，
既然他現在找上我，我就要把這一切追究清。」
伯爵的大軍很快來到，
他們都在這裡匯集，摩爾人和基督徒[112]，人數都不少，
接著，他們就出發去尋找比瓦爾的英雄。
他們走了三天三夜的路程，
才追趕上熙德，他這時正在特瓦爾的松林中。
他們來勢洶洶，滿以爲能把熙德手到成擒。
熙德堂羅德里戈帶著大量戰利品，
從一座山上下來，到達谷地。
從堂拉蒙伯爵那裡來了一個送信人，
熙德聽後，叫來人帶回口信：

「您去告訴伯爵不要誤會，
我不帶走他的任何東西，告訴他讓我安全前進。」
伯爵答復說：「這話不眞，
老帳和新帳他全要償清；
那被流放的人應該懂得他凌辱了什麼人。」
那使者盡快地轉回將口信稟報，
這時比瓦爾的熙德就知道，
一場戰鬥已經避免不了。

五十七

熙德向他的部下講話

「騎士們，把戰利品放在一旁；
披堅執鋭快整裝；
堂拉蒙伯爵要同咱們打大仗，

他帶領的摩爾人和基督教徒浩浩蕩蕩；
他們不會放過咱們，咱們只好同他們打一場，
咱們前進，他們會追趕，最好就把這兒當戰場；
勒緊馬肚帶，束結好戎裝。
他們下坡而來，都只有長筒襪[113]穿在腿腳上，
他們使用的是跑馬的馬鞍[114]和勒不緊的馬肚帶，
咱們乘騎的是加里西亞馬鞍，還有長靴穿在長襪外，
咱們一百名騎士就足以把他們的隊伍打敗。
在他們到達平地之前，咱們就用長槍去迎擊，
你殺傷他一個人，就會有三架馬鞍空著沒人騎[115]。
拉蒙·貝倫格爾就要見到他追趕的人，
他想在特瓦爾松林奪走我的戰利品。」

五十八

熙德戰勝；獲得「科拉達」寶劍

熙德講完了話，所有的人齊披掛，
手執武器上了馬。
加泰隆尼亞的軍隊走下坡崗，
下了坡，接近平地很空曠，
生在好時辰的熙德下令把敵人殺傷，
熙德的戰士們執行命令興奮異常，
他們使用槍旗和長槍得心應手，
一些敵人被殺傷，還有一些倒落疆場。
生在好時辰的人在這場戰鬥中得勝，
俘虜了伯爵拉蒙，
並把價值一千馬克的「科拉達」寶劍奪到手中。

五十九

巴塞羅那伯爵被俘，他想絕食而死

熙德贏得這場戰鬥，他長著好鬍鬚的面孔上煥發容光，
他俘虜了伯爵並把他帶回自己的營帳；
他給自己的心腹們下了看守伯爵的命令。
當他的部下已從各處到這兒集中，
熙德走出帳篷，
因爲獲得了很多戰利品，熙德眞是高興。
給熙德堂羅德里戈準備了筵席，非常豐盛；
但拉蒙伯爵這時對吃飯已無動於衷，
放到他面前的菜肴有多種，
他不看一眼，不動一星。
「就是給我全西班牙的財寶我也不嚐一丁。
被這些穿破鞋爛靴的人打敗，
我眞不如毀掉軀殼，拋棄靈魂。」

六十

熙德答應釋放伯爵

各位請聽熙德魯伊·迪亞斯講的話：
「吃吧，伯爵，吃這麵包，喝這酒，
如果您照辦，我就放您走，
否則，您終生別想再見基督教友[116]。

六十一

伯爵的拒絕

「您吃吧，堂羅德里戈，你放心地休息吧，
我要讓自己死去，我不想吃。」
直到第三天，還沒能使伯爵同意進食，

熙德的人都在大分其戰利品，
他們沒能使伯爵吃下麵包一絲。

六十二

熙德向伯爵重申諾言；釋放伯爵並向他告別

熙德說：「您吃吧，吃吧，吃一點，
如果不吃，基督教徒您不會再看見， 1033b
如果您吃了，我很喜歡。
伯爵，你和兩個貴族子弟， 1035
我都予釋放，讓你們脫險。」 1035b
伯爵聽了這番話，欣喜地開了言：
「熙德，如果您實踐您剛才的諾言，
我一生都會感激您。」
「那麼，您吃吧，在您吃完後，

我將讓你和那另外兩個人自由，
但是，我在戰場上所得和您失掉的一切，
您要知道，我分文不會歸還，
因爲我需要供應這許多人，他們跟隨我，都很辛苦。 1043-5
我們必須從您和別人那裡奪取來支撐自己，
因爲觸怒國王而被流放的人別無生計，
我們將繼續這樣生活，如果這是天主之意。」
伯爵很高興，要水把手洗，
水很快送到他面前。
伯爵同那兩個騎士（熙德給了他們騎士銜）共餐，
上帝啊，那伯爵多麼高興地開始吞嚥。
生在吉時良辰的人就在他身邊：
「伯爵，如果您不按照我的意願進餐，
咱們就不會分道揚鑣，還會在這兒拖延。」
伯爵說：「我遵從你的意願。」
他和那兩個騎士忙著吃飯；

熙德在一旁高興地觀看，
他看見堂拉蒙雙手敏捷熟練。
「熙德，我們要走了，如果您高興，
請下令餵牲口，我們要很快上馬回程，
自從我當伯爵，我吃飯從沒有這樣高興，
這餐飯的味道，我會永遠記在心中。」
熙德命人給他們備了三匹馬，鞍具齊整，
還給了他們華麗的服裝、皮裘和披風。
伯爵走在那兩個騎士當中，
那卡斯蒂利亞人一直走到營地的一端相送：
「伯爵，現在您走啦，可以自由地奔前程，
對您留下的一切，我表示感謝的心情。
伯爵，如果您起了報仇的念頭，
如果您要來找我請事先通知一聲，
那時，要麼您的一些財物給我，要麼我的一些落到您手中。」
「熙德，您放心，您會得到安寧，

我留下的一切請您算作我付的今年的貢奉，
要說來找您報仇，我根本沒想過那種事情。」

六十三

伯爵恐懼地離開；被放逐者的錢財

伯爵踢馬開始向前行，
他回頭要看分明，
他害怕熙德後悔；
熙德不會那樣做，即使世界的財富全給他，
他從來不肯做背信棄義的事情。
伯爵走後，那比瓦爾人轉回營，
他和他的部下都很高興，
因爲他們得到的戰利品數量大，質量極精，
他們多麼富裕，各人的財物都多得數不清。

〈第一歌〉註釋

❶「熙德」"cid"源出於古阿拉伯文，是「主人」的意思，是對男人的尊稱。"mio cid"是「我的主人」的意思。這部史詩的全名是《我的熙德之歌》，它是西班牙文學的第一個里程碑，約於1140年寫成。後來留傳下來的唯一手抄本是佩德羅·阿瓦德(Pedro Abad)於1307年抄寫的。手抄本的第一頁、中間部分一頁以及接近結尾部分一頁散失了；這缺佚的3處是根據《二十國王編年史》補充的。

❷卡斯蒂利亞，今西班牙中、北部地區，包括舊卡斯蒂利亞（今阿維拉、桑坦德、巴利阿多里德和帕倫西亞省）和新卡斯蒂利亞（今馬德里、托萊多、雷亞爾城、瓜達拉哈拉和昆卡省）。在阿方索六世時期，約包括今天下列諸省的部分或全部地區，即桑坦德、帕倫西亞、布爾戈斯、巴利阿多里德、塞哥維亞、索里亞、阿維拉、托萊多等。

❸今西班牙西北部的萊昂省。

❹今西班牙西南部的塞維利亞省。

❺今爲科爾多瓦省的一城鎮。在其舊城區有一城堡，曾爲卡布拉伯爵們使用的宮殿。

❻今爲西班牙西南部的科爾多瓦省。

❼今西班牙南部的格拉納達省。

❽阿爾穆塔米斯和阿爾穆達法爾都是摩爾族人，伊斯蘭教徒。這裡所指的富人是基督教徒騎士。當時，有些基督教徒騎士，或則因被國王放逐，或則為了冒險，往往投靠西班牙境內的摩爾族國王，為了效勞。

❾見註❺。

❿羅馬人把1天分為4等分，第2部分即為為"Tercia"，約合中國的卯、辰、巳3時，開始時即合卯時。

⓫當時拔他人一綹鬍鬚是一種侮辱。在社會上犯了這種行為要判很重的罰金。

⓬1043年熙德生於距布爾戈斯市9公里的比瓦爾村。

⓭此句詩是根據《二十國王史記》補遺的，稱阿爾瓦爾·法涅斯·米納雅為熙德的表弟，但在手抄本的《熙德之歌》中，稱他為熙德的侄兒，見2858、3438行。

⓮現布爾戈斯省省會，當時是卡斯蒂利亞王國首都。

⓯手抄本原文從此開始。

⓰雕鶚在換羽毛的時期，生命處在危險中。換羽毛後，其價值特別高。是一種珍貴的獵禽。

⓱烏鴉從右飛到左是吉兆。

⓲這是熙德當時擁有的人數。通常計算人數是以長槍數為標誌的，但這裡可以設想，每人的長槍上都掛有一面槍旗，所以60面就代表60人（見419和723行）。

⓳中古世紀的一些法章上常用刑書上的條文，以瞎眼和逐出教會來詛咒違反條文的人，這些人也要被罰款。「要失掉一雙眼睛……」一語源出於刑書。

⑳此處指所有的人。

㉑「佩上劍」指受封爲騎士時的佩劍儀式。宗教迷信認爲佩劍應在吉時良辰。在本歌中，常在「熙德」前、後，加上「在吉時良辰佩劍」等吉利語。

㉒布爾戈斯的教堂，阿方索六世建於1075年。

㉓在聖馬利亞教堂祈禱後，熙德從聖馬利亞橋（因緊靠近聖馬利亞教堂而得名）過了阿朗遜河，就在該河灘上紮營。

㉔國王不僅禁止人們留宿熙德而且還禁止賣給他食物。雖然古法典上說，國王不得禁止被放逐者購買食物，但事實上，直到十五世紀還有過這種禁購食物的例子。

㉕他們是放高利貸者。

㉖當時，常常把猶太人集中在城市的城堡裡居住，不讓他們散居市內。

㉗伸手給某人並握住他的手，意指對某人宣誓。

㉘其實熙德並未吞沒錢財，他在這裡只是將計就計，以假作眞，利用人家對他的誣陷之詞來欺騙這兩個猶太人。

㉙兩個猶太人又吻熙德的手，表示感謝他對他們許下的好處。向對方要求恩惠時，也吻對方的手，見174和178行。

㉚當時一筆交易的介紹人得到的酬金常爲幾雙長襪或相當於可買幾雙長襪的錢。

㉛「您來了？」是見面時常用的問候語；告別時則常用「你走了？」。實際上不是眞正的疑問語。

㉜德卡德尼亞是位於布爾戈斯市郊的一座修道院；其全名爲聖彼得・德卡德尼亞。歌中有時只稱其爲卡德尼亞，

有時則只稱聖彼得。據稱，熙德及其妻子的遺體葬於此修道院。1842年他們的遺體又從該院墓中被遷移到布戈斯市內。

㉝指聖馬利亞教堂。

㉞此處指熙德。本歌中，在「熙德」前常有這樣稱頌的形容詞；有時在其他人物（如米納雅、赫羅尼奥等）的名字前也有類似的形容詞。

㉟希梅娜是熙德妻子的名字；「堂娜」是夫人的意思。

㊱當時在這種情況下，吻某人的手是表示願做其下屬的一種程規。

㊲指聖父、聖子、聖靈。

㊳相當於淩晨三點鐘。

㊴刺耶穌的是軍人，並非「盲人」。他刺後見天地震盪，就信耶穌爲「眞主」，好比「眼睛發亮了」；而在此之前則好比盲人。

㊵此地現無人知。「埃斯比納索・德岡」意爲「狗脊梁骨」，可想該地爲一長條山崗或高地；可能是布爾戈斯省西洛斯之南的一個地方。

㊶杜羅河沿岸的地方。

㊷在聖埃斯特萬之東，位居卡斯蒂利亞之末端，因爲當時杜羅河之南的土地雖也屬於阿方索國王，但不稱卡斯蒂利亞而稱埃斯特雷馬杜拉。

㊸是從烏克薩馬到特爾曼西亞的羅馬大路。今在奧斯馬與迪埃爾梅斯之間，還可以看到它的遺跡，今簡稱卡爾薩達。

㊹㊺納瓦帕洛斯是離阿爾庫比利亞8公里的杜羅河岸的一個村莊，大概離現已無人知曉的地方——菲格魯埃拉不遠。

㊻㊼米耶德斯山是區分杜羅河流域和塔霍河流域的山脈之一；在熙德被放逐的時期，爲阿方索的疆土的邊界。熙德到達該地時，在落日的光輝中，一個白色的錐形物突出地呈現在遠處山頂，那就是堅固的阿蒂恩薩碉堡。此碉堡位於面南者的左邊，也就是說熙德在它的右邊。

㊽見註⑱。

㊾「盡早用大麥餵牲口（馬匹等）……把咱們尋見。」這段話是熙德所說，因限期即滿，熙德命令部下餵好馬，作好趕路的準備。如當晚不離開該地，就會有被害的危險，如及時離開，則可脫險，後來歸向他的人，也就有可能尋見他。

㊿今稱卡斯特洪・德埃納雷斯，在耶德斯山之南40公里埃納雷斯河的左邊。

51 52 53與卡斯特洪相同，都是埃納雷斯河沿岸的城鎮。

54卡斯特洪是熙德最早攻克的摩爾人王國的邊界城市之一。熙德將其兵力分成先鋒和後衛兩部分。後衛由他親自率領；前鋒由米納雅率領。按照當時的一般作戰規律，先鋒與後衛兵力各半；但熙德爲了取得更多的戰利品，他將3分之2的力量讓米納雅率領，在埃納雷斯河谷的70公里的地區進行搜羅。與此同時，由熙德率領的埋伏在卡斯特洪附近的後衛部隊突襲並奪得了卡斯特洪。

55 根據昆卡條律，打先鋒者應得其在打先鋒戰鬥中所獲的5分之1，因此，熙德的慷慨就在於他願意把在卡斯特洪所獲的5分之1（後衛作戰所獲，應屬於作爲首領的熙德）給米納雅。

56 《第三編年史總集》對此句的意思作了這樣的闡明：「堂阿方索國王與摩爾人保持和平，我知道協約已經簽訂。」阿方索6世將其統治幾乎擴展到西班牙所有伊斯蘭教徒身上。他自誇說，自己對屈從的摩爾人，進行有效的保護，以便鼓勵他們的信賴，並且還嚴厲地懲罰了攻擊伊斯蘭教徒的基督教徒。甚至據說，他曾要燒死王后——他的妻子和托萊多的大主教，因爲他們毀壞了該城的摩爾人的清眞寺。

57 據《拉丁史》記載，該地不曾屬於巴倫西亞的摩爾王。

58 阿爾卡里亞斯，"Alcarrias"源於阿拉伯文，是村莊的意思。其確切的地理範圍不詳；占今瓜達拉哈拉省的大部地區，都稱阿爾卡里亞斯。

59 在塔胡尼亞河上，西古恩薩之東。

60 區分塔胡尼亞河與哈隆河的高地的一部分，位於瓜達拉哈拉省與索利亞省之間的分界線上。

61 此兩地在薩拉戈薩省內的哈隆河上。

62 也在哈隆河上，距塞蒂納6公里。

63 可能是哈隆河的一個峽道，今無人居住。

64 65 哈隆河沿岸的城鎮，分別距阿拉馬5公里和11公里。

66此地現無人知，可能在哈隆河之左、阿特卡與卡拉塔尤德之間。

67熙德挖防護溝，一方面是爲了自衛，另一方面也爲了恐嚇摩爾人，表示要長久地住在該地。

68 69這兩個城鎮，相互距離7公里。

70距特雷爾6公里的城市。

71此處的敍述是不清楚的。根據這句詩和第631行詩，可以推測出，其情節應該是這樣的：熙德假裝逃跑時，留下其部分兵力躲藏起來設下埋伏，以便切斷敵人的後路。《二十國王編年史》也無助於澄清這一情節。

72希洛卡是哈隆河的支流，流經特魯埃爾和薩拉戈薩省，全長127公里

73從未有過一個巴倫西亞的塔明國王；卡拉塔尤德也從未屬於巴倫西亞，而曾屬於薩拉戈薩的阿爾莫斯塔恩國王。這是詩人的杜撰。在654行詩中所述的法里斯和加爾維也是兩個虛構的人物。

74今卡斯特利翁省南部的一個城市。

75特魯埃爾省的一個城市，距離特魯埃爾市15公里。

76當時沒有報紙，新聞或通知由叫喊消息的「報子」到各處叫喊。

77按當時的習慣，作戰時，首領常呼自己的名字以鼓舞士氣。

78穆罕默德（約570～632），中國古書曾譯爲摩訶末、馬哈麻、謨罕驀德等，伊斯蘭教的創立人。他宣稱自己是安拉（伊斯蘭教所信仰的神的名稱，中國通用漢語的穆斯林稱爲「眞主」）的使者。

79《聖經》故事說，耶穌12門徒中有兩人名雅各，即西庇太的兒子雅各和亞勒腓的兒子雅各。《聖經》沒事還說耶

穌的一個弟弟也叫雅各，基督教傳說，他曾任耶路撒冷教會的領袖；並托稱《新約全書》中的《雅各書》是他所寫。另一傳說則稱他就是亞勒腓的兒子雅各。

❽⓿據1079年和1107年的文獻記載，法涅斯確曾統治過蘇里塔。

❽❶熙德的家僕和親兵。

❽❷馬丁・穆尼奧斯確曾以將軍的稱號統治過葡萄牙的城市蒙特馬約爾。

❽❸兩者均爲熙德的屬下，前者是熙德的侄子。

❽❹❽❺此2人以及736行中所述的馬丁・安托利內斯，在歷史文獻上均無有關記載。

❽❻指第34節第679、680行所述的被暫時趕出城堡的摩爾人。

❽❼高筒靴當作口袋使用，現在看來很希奇；但當時甚至靴子穿在腳上時，穿靴者如衣服上沒有口袋，也常把小什物放在靴內。

❽❽習慣告別語，見註❸⓿。

❽❾這裡指親近法里斯的人勸他不要打，而要叫附近市鎮的人向熙德買阿爾科塞爾。

❾⓿本歌是遊唱歌手（詩人）演唱的作品。演唱既無固定場所，而聽衆人物又十分龐雜，秩序往往不佳，演唱者爲了把情節交待清楚，更好地吸引聽衆的注意力，常常把重要的段落重複（或基本重複）演唱。對這種情況，《熙德之歌》的著名研究家皮達爾在有關詩節的小標題後注有「重複」或「相似詩節」。

❾❶蒙雷亞爾・德爾坎波位於薩拉戈薩省的希洛卡河上，與卡拉塔尤德相距17小時的路程。

92波約或稱埃爾波約(El Poyo)，古稱「熙德的波約」，是距蒙雷亞爾10公里的城鎮，在希洛卡河之左、自薩貢托至卡拉塔尤德的「羅馬之路」上。拔海1227米的波約山占該城鎮的大部分。

93阿爾科塞爾人所以對熙德有感情，因爲：熙德進入阿爾科塞爾後，沒有殺害該地居民(見31節)，並且在打敗法里斯和加維爾後還將一些戰利品分給該地居民(見802行)。

94距波約35公里的城鎮。

95莫利納距波約50公里；「另一旁」指在「波約」的另一旁，即在「波約」的西面。

96距「波約」65公里。在「波約的前方」即在「波約」之南。

97距「波約」50公里的城市(見註73)。

98此處並非確指3個星期，而是泛指時間短。僅攻取和保衛阿爾科塞爾，熙德就用了18個星期的時間。可以估計：國王講上述話時，熙德已被流放了5、6個月。

99受國王賜土者，對土地有所有權、收租權和在該地區的司法權，但要擁有一定數量的騎士，每年向國王服兵役3個月。

100據莫利納市政條例，「波約」確實曾稱「熙德的波約」，但此名稱沒有延用至今。

101據1209年的文字記載，特瓦爾松林位於塔拉戈納省和卡斯特利翁省的交界處、蒙羅伊河和塔斯塔分斯河的匯合處。

102見註90。

⑩指熙德。

⑩是特魯埃爾省東北部的一城市。

⑩「又回到原來出發的地點」，即，又回到了「波約」。

⑩⑩蒙松是韋斯卡（現韋斯卡省會）西南的一個市鎮（也是一個城堡），位於韋斯卡和巴拉格爾市之間。

⑩今稱奧洛考・德爾雷伊，位於莫雷利亞之西15公里、卡斯特利翁省的西邊界上；分別距特魯埃爾省的蒙塔爾萬和韋薩市鎮50和65公里。

⑩事實上，不是該伯爵的土地而是屬萊里達的摩爾國王阿拉希布・蒙西爾的土地；但受該伯爵的庇護。

⑩據歷史記載，熙德曾兩次被流放（本歌只述一次）。在首次和第二次流放中均俘虜並釋放過巴塞羅那伯爵貝倫格爾・拉蒙。但本歌在此所敘的有關他與該伯爵之間的其他私人仇恨則無可考。

⑪指西班牙貴族之間所謂友情。

⑫該伯爵是基督徒，但他是萊里達的摩爾國王的庇護人，所以他率領的「大軍」中既有基督徒也有摩爾人，參看註❽。

⑬拉蒙・貝倫格爾伯爵的騎士們（加泰隆尼亞人）只穿長襪，不穿長靴；而熙德的騎士們，除穿長襪外，還穿長靴，對其作戰有利，但其式樣不美觀，見1022行。

⑭拉蒙伯爵的騎士們乘坐的跑馬鞍只適於跑；但在作戰中，同熙德的騎士們乘坐的加利西亞馬鞍相比，則很不牢穩。

⑮如⑭所述，因加泰隆尼亞騎士所乘坐的馬鞍不牢穩，所以他們有些騎士在與熙德的騎士交戰時，雖未被殺傷而自己卻跌下了馬。

⑯意指看不到生靈，即被監禁。

第二歌

熙德的女兒們的婚禮

六十四

熙德向巴倫西亞的土地進軍

比瓦爾的熙德的英雄事跡在這兒再開始演唱： 1085
他遠離了薩拉戈薩的土地， 1087
遠離了韋薩和蒙塔爾萬的田莊，
也已經進駐過奧洛考碼頭，
現在又開始邊打邊行奔向那鹹水的海洋， 1090

奔向那日出的東方。
熙德把赫里卡❶、翁達❷和阿爾梅納拉❸奪到手中，
又占領了布里亞納❹的全境。

六十五

占領穆爾維埃德羅❺

保佑熙德的是造物主，他是天上的主公，
在他的庇佑下，熙德把穆爾維埃德羅占領。
熙德感到受到上帝的佑寵。
這時恐懼的氣氛已籠罩著巴倫西亞全城。

六十六

巴倫西亞的摩爾人包圍熙德；熙德召集他的人；演說

1095

各位知道，巴倫西亞人怏怏不樂，異常憂心：
他們商定把熙德圍困。
他們連夜行軍，直到次日拂曉時分，
紮營在穆爾維埃德羅附近。
發現了他們，熙德驚奇非常：
「感謝你，靈魂之父！
我們在他們的土地上造成各種損傷，
喝了他們的酒，吃了他們的糧；
但現在他們既然來包圍我們，我們那樣做也就應當，
沒有別的辦法可想，只好打仗！
送信給那些應該援助咱們的人，
一些信送到赫里卡，向奧洛卡也要發信，
從那裏再傳往翁達，然後直到阿爾梅納拉市鎮，
叫布里亞納人也趕快來臨。
咱們就要開始疆場上的戰鬥，
我相信上帝會對咱們倍加保佑。」

到了第三天，集中了各路人馬，
於是，那生在吉時良辰的人講了話：
「各部隊！造物主拯救你們，現在聽我講話，
咱們離開了純潔的基督教領域之後，
——咱們並不願離開它，而是沒有別的辦法——
感謝上帝，咱們的事一帆風順。
現在巴倫西亞人既已包圍了咱們，
如果咱們想在這兒的土地上生存，
咱們就必須要懲罰這些人。」

六十七

熙德講話的結語

「當夜晚退去而清晨來臨的時分，
大家要準備好馬匹並把武器握緊；

咱們要去攻打敵軍，
作爲被流放的異鄉人，
在戰場上就會看出誰無愧於餉金。」

六十八

米納雅獻作戰計劃；熙德再次得勝疆場；攻占塞波利亞[6]

米納雅·阿爾瓦爾·法涅斯說了話，各位請聽：
「康佩阿多爾，我們要做您樂意的事情。
我不向您多要求，請派給我騎士一百名；
您同其餘的打先鋒，
毫無疑問，您會殺得英勇；
同時，我和一百名騎士從另一側進攻；
我信仰上帝，這場戰鬥咱們會取勝。」
這番話使康佩阿多爾非常高興。

1135 他們開始武裝，這時已經是黎明，
他們每人都清楚地知道應做的事情。
披著曙光，熙德奮勇殺敵向前衝：
「以造物主和聖徒聖雅各之名，
騎士們，殺敵要果敢不留情，
1140 比瓦爾的熙德魯伊·迪亞斯就是我的名！」
各位看，多少馬韁繩被扯斷，
多少馬椿被連根拔起，多少馬椿被折斷[7]。
摩爾人依仗人多，妄圖重整隊伍，
但這時，阿爾瓦爾·法涅斯又從另一側打入，
1145 摩爾人顧不得敗陣的苦痛，
他們能跑的都在盡快逃命。
1149 在追擊中，斬了那兩個摩爾人首領，
追擊直達巴倫西亞城。
1151 熙德獲得的戰利品十分豐盛，
1152 他們搜索了戰場然後回營，

他們帶著戰利品進入穆爾維埃德羅城， 1153
這使那兒掀起一片歡騰。 1146
他們占領了塞波利亞，又向前伸展了些許地方； 1150
巴倫西亞人不知所措，城內人心惶惶， 1155
各位知道，熙德的威名震動四方。 1154

六十九

熙德向巴倫西亞南部襲擊

在瀕臨海洋的地方，流傳著熙德的聲名； 1156
熙德和他的部下很高興，
因爲上帝保佑他們在戰鬥中得勝。
騎兵受命連夜趕路程，
他們到達了庫利埃拉[8]，又到達哈蒂瓦，
再南下，他們到達的城鎮叫德尼亞； 1160

踏平了摩爾人的那片土地，直達海邊，
把貝尼卡德爾山[9]，連同它的出入卡口也全都攻占。

七十

熙德在貝尼卡德爾

熙德康佩阿多爾已把貝尼卡德爾占領，
哈蒂瓦人和庫利埃拉人都憂心忡忡；
巴倫西亞人也掩飾不住恐懼的心情。

七十一

攻占巴倫西亞的全部地區[10]

熙德晝宿夜行在摩爾人的土地上，
爲了攻克和爭奪那些市鎮和村莊，

持續了三年的時光。

七十二

熙德包圍巴倫西亞[11]；號召基督教徒作戰

巴倫西亞人已經得到了教訓，
不敢出來，不敢向熙德靠近；
熙德毀壞了他們的田園，造成的禍害很深重，
這些年來，熙德奪走了他們的食品。
巴倫西亞人不知所措，他們十分憂傷，
他們無處得到糧食。
兒子顧不了父親，父親保護不了兒郎，
朋友們也不能互慰衷腸。
多麼淒慘啊，各位先生，他們缺少食糧，
眼看者婦女和兒童飢餓而亡。

因爲無法解脱當前的苦難，
他們就派人找摩洛哥國王。
他正大戰在克拉羅山[12]上，
他既沒有答應保護他們，也沒來給他們援助。
熙德得到這個消息，從心底感到歡欣。
一天晚上，他離開穆爾維埃德羅，進行夜行軍，
到達蒙雷亞爾時，正是黎明時分。
他派人口傳通知阿拉貢和納瓦拉，
還派人送口信到卡斯蒂利亞：
誰要想脱離困苦而成爲富裕的人，
誰就來投奔熙德——善戰的人；
他要圍攻巴倫西亞，把它交給基督教人：

七十三

重複口傳通知（相似詩組）

「誰願跟我去圍攻巴倫西亞，
——要自願來，不要勉強參加——
我等待三天，在運河上的塞利亞。[13]」

七十四

應口傳通知而來的人們；包圍並攻進巴倫西亞

忠誠的康佩阿多爾命人傳下了這番話，
然後他就轉回穆爾維埃德羅——他已經奪得的地方。
各位知道，口傳通知已傳遍四面八方，
人們爭先恐後慕利而往，
大批基督徒奔向他，他們都很善良。
熙德的名聲四處傳揚，
各位知道，有更多的人來投奔他，卻無人離開他去他方。
比瓦爾的熙德的威望不斷增長。

看到大批人來匯集，熙德很歡暢。
熙德羅德里戈不願耽擱時光，
直奔向巴倫西亞，
把巴倫西亞城包圍得嚴密異常。
各位請看熙德跑遍各處指揮忙。
巴倫西亞人正等待援軍，在消耗著時光[14]。
各位知道，巴倫西亞被圍了九個月[15]，
直到第十個月，才不得不投降。
攻克了巴倫西亞，熙德進了城，
那兒眞是一片歡騰！
過去的步兵現在也成了騎士；
多少金銀財寶，誰能數得清？
熙德的隨從都成了富裕的人。
熙德堂羅德里戈取得五分之一的戰利品：
三萬馬克落入他手中，
還有多少別的財寶，誰能數得清？

當熙德的大旗在最高的地方升起，
熙德和他的部下都很歡喜。

七十五

塞維利亞國王[16]想收復巴倫西亞

在熙德和他的部下休息期間，
塞維利亞國王收到一封信函，
上面說，因無力保衛，巴倫西亞已經失陷。
於是國王就率兵三萬來攻打，
戰鬥在巴倫西亞灌溉區後面爆發。
長鬍鬚的熙德打敗了他們，
乘勝攻入哈特瓦市鎮。
在過胡卡爾河的時分，摩爾人潰不成軍，
他們喝著水渡河，

不能迅速逃奔。
塞維利亞國王也身負三傷而逃竄。
熙德帶著大批戰利品轉回程。
奪下了巴倫西亞城，戰利品多得眞可觀，
各位知道，這次所得比任何一次都要多幾番；
每個兵丁也得到一百銀馬克的現金。
這位騎士立下了何等偉績，各位有目共見。

七十六

熙德蓄長鬚；熙德部下的財物

熙德魯伊·迪亞斯，他在吉時良辰誕生，
所有跟隨他的人都很高興。
他的鬍鬚在生長，並且正在越生越長，
熙德曾經親口這樣講：

「爲了愛戴阿方索國王，他把我從他的土地流放，
連一根鬍鬚我既不剪掉，也不損傷[17]，
並願所有的人對此評說短長。」
熙德堂羅德里戈在巴倫西亞休養，
米納雅·阿爾瓦爾·法涅斯不離開他的身旁。
被流放者都變成了富裕的人。
在巴倫西亞，著名的康佩阿多爾
把房屋和田園分給所有被流放的人們[18]，
他們證實了熙德的愛兵之心。
那些後來跟隨熙德的人也滿意稱心；
熙德估計，有些人得了財寶，
就可能帶著財寶逃之夭夭。
熙德下了這樣的命令，按照米納雅的勸告：
凡是他手下的人，只要跟著他得過一些財寶，
都不准許不吻他的手、不辭而別[19]地逃掉，
否則，如果被追捕到，

就要把他吊上絞架，還要沒收他的財寶。
熙德把這一切安排好，
他又同米納雅・阿爾瓦爾・法涅斯繼續商討：
「如果你認為好，我想知道：
這兒的人[20]跟隨我得利多少。
我要登記造冊，清點好，
如果有人隱退或者不見了，
他的財物要交還我，我要把它給我的臣僕[21]分掉，
1261b 他們在守衛著巴倫西亞，巡邏查哨。」
米納雅說：「這思慮很周到。」

七十七

熙德重新清點人員；他再次給國王準備禮物

熙德命令全體人員到府邸集中，

全體人員到達後，他開始點名：
比瓦爾的熙德擁有兵將三千六百名。
他心中高興，面帶笑容：
「米納雅，感謝上帝，感謝聖母馬利亞的恩情！
從前咱們帶著很少的東西離開比瓦爾城，
現在咱們有了財物，將來咱們的財物會更豐盛。
如果您不感到爲難，米納雅，如果您高興，
我想派您去卡斯蒂利亞——那兒有咱們的田園——
去見阿方索國王，我天生的主公。
從咱們在這兒獲得的戰利品中，
我想拿出一百匹馬讓您去向他獻送。
您替我吻他的手並堅決懇求他，
——如蒙皇恩浩蕩，——
讓我接出親生女兒和妻子堂娜希梅娜。
我要派你去找她們，請把我的口信記心上：
熙德的妻子和幼女

將滿載崇高的榮光 1280
被接到咱們占領的異鄉。」
米納雅說：「我懷著這良好的願望。」
說過這番話，就準備啓程。
熙德給阿爾瓦爾·法涅斯派了一百名隨從，
以供他途中隨意差用； 1284b
還吩咐他給聖彼得修道院帶去一千銀馬克， 1285
分給修道長堂桑喬五百個。

七十八

堂赫羅尼莫到巴倫西亞

正當所有的人都爲這消息歡欣，
一位東方教士㉒來臨；
他的名稱是堂赫羅尼莫主教，

他精通文學，爲人老練謹愼，
他不論是步行或騎馬，還是戰鬥都英勇過人。
他想得到熙德重用，就來把他找尋。
他願去戰場打摩爾人；
他說，誰要終日戰鬥、親手殺敵，
他就不會聽到基督徒的呻吟。
熙德聽了，覺得他的話很稱心：
「米納雅·阿爾瓦爾·法涅斯，您聽好，爲了上天的主，
主保佑咱們，咱們感謝主；
在巴倫西亞，我想立一個主教，
我想把這個主教職位給這位好基督徒；
您到卡斯蒂利亞要把這個好消息散布。」

七十九

堂赫羅尼莫立爲主教

堂羅德里戈的話使米納雅很高興。
堂赫羅尼莫得到了主教的職位的任命，
他可以富裕地生活，他的教區就在巴倫西亞城。
上帝啊，所有的基督徒多麼高興！
巴倫西亞有了主教先生！
米納雅也愉快地告別、啓程。

八十

米納雅走向卡里翁

巴倫西亞土地上一片平靜，
米納雅·阿爾瓦爾·法涅斯朝向卡斯蒂利亞趕路程。
他住過的客店，我想不必向諸位一一說明。
到哪兒能見到阿方索國王，米納雅做了打聽；
聽說國王不久前去過薩哈貢[23]，

後來轉回卡里翁[24]，可能在那兒能見到他的行蹤。
聽到這個消息，米納雅·阿爾瓦爾·法涅斯很高興，
他帶著禮物朝著那兒向前行。

八十一

米納雅晉見國王

阿方索國王走出來，他剛做完彌撒，
這時，米納雅·阿爾瓦爾來到，舉止十分文雅，
他當衆雙膝跪下，
他滿懷憂傷地跪倒在阿方索國王的脚旁，
他吻了國王的手，彬彬有禮地把話講：

八十二

米納雅向國王的進言；加爾西・奧爾多涅斯的妒嫉；國王對熙德的寬恕；卡里翁公子垂涎熙德的財寶

「爲了造物主的愛，阿方索主公，請開恩，
戰士熙德把您的手親吻，
他把您，賢明的主公的手和脚親吻，
他願造物主保佑您，求您對他開恩！
您把他流放了，他失去了您的愛寵，
雖在異鄉，他也把自己的任務完成：
他攻下了赫里卡和翁達，
又把阿爾梅納拉和穆爾維埃德羅攻下，後一城比較大，
接著占領了塞波利亞，又向前把卡斯特利翁[25]拿下，
還把堅固的石山貝尼卡德爾占領，

他已成爲巴倫西亞和所有這些城鎮的主公。
賢良康佩阿多爾親自把主教立封。
他五次奮戰[26]在疆場，全都得勝，
造物主讓他把大批戰利品得到手中，
這兒有東西能向您表明我的話是眞情：
善跑的駿馬一百匹整，
配備了全副的鞍座和轡繩，
熙德吻您的手並求您收下這饋贈；
他永遠做您的臣子，您永遠是他的主公。」
國王舉起右手劃了十字並開言道：
「康佩阿多爾獲得的戰利品眞可觀！
聖伊西德羅[27]保佑了我，我心中喜歡。
我很高興康佩阿多爾立下了功績，
我接受他贈送的這些馬匹。」
國王很高興，但是加爾西亞·奥多涅斯伯爵卻憂心忡忡：
「似乎那時摩爾人的土地上沒有勇敢的壯丁，

熙德康佩阿多爾才能任意行動！」
國王向伯爵說：「您這樣說不行，
不管怎麼說，他總比您更好地把我侍奉。」
這時，好漢米納雅說了話：
「熙德求您開恩，如果您高興，
求您對他的妻子堂娜希梅娜和兩個女兒寬容，
讓她們走出他寄居她們的修道院
到巴倫西亞同康佩阿多爾重逢。」
國王回答說：「我由衷高興；
她們在我的國土期間，我給她們供應，
並不讓她們遭受凶險、侮辱和欺凌；
她們出了我的國土，
您和康佩阿多爾要對她們好好照顧。
各衛隊和我宮廷的全體臣子，聽令！
我不想讓熙德損失毫分，
對稱他爲主人的衛軍，

我過去沒收了他們的財產，現在全都歸還，
雖然他們跟隨康佩阿多爾，產權仍屬他們；
我保證他們免遭禍害和嚴重的失損，
我這樣做是爲了讓他們侍奉好主人。」
米納雅・阿爾瓦爾・法涅斯把國王的手親吻。
國王微笑，他的美言眞動人：
「凡是想去侍奉康佩阿多爾的人，
都可以自由地離開我，帶著造物主的恩情向他投奔，
咱們這樣做勝過憎恨。」
這時卡里翁兩公子在一旁策劃商量：
「熙德康佩阿多爾的名望大大增長，
如果咱們跟他的女兒結婚，就能把好處撈到手上，
但咱們不敢把這話講，
熙德是比瓦爾人[28]，而咱們出自卡里翁伯爵家門[29]。」
事情就這樣放下了，他們也沒告訴任何人。
米納雅・阿爾瓦爾・法涅斯向賢君主辭行，

國王說：「您走啦！米納雅，走吧，你有造物主的恩寵，
我讓您帶去欽差一名，他會對您有用，
您帶的女主人，也會有人唯命是從地把她們侍奉，
直到梅迪納塞利[30]，她們的一路需要有人供應；
從那兒再向前行，才要康佩阿多爾把她們接迎。」
米納雅辭行後，離別了宮廷。

八十三

米納雅去卡德尼亞接堂娜希梅娜；更多的卡斯蒂利亞人奔向巴倫西亞；米納雅在布爾戈斯；向猶太人許諾以高價償還熙德的債；米納雅回卡德尼亞並同希梅娜一起出發；佩德羅·貝穆德斯從巴倫西亞出發來迎接希梅娜；在莫利納與阿本加爾邦匯合；在梅迪納塞利與米納雅相會

卡里翁兩子拿定了主意，
他們陪著米納雅邊走邊講：

「您總是待我們很好，有件事還要請您幫忙：
請把我們的敬意向比瓦爾的熙德轉上，
他什麼時候用得著我們，我們就貢獻力量，
同我們交好，熙德不會受任何損傷。」
「這對我沒有困難，」米納雅講。
米納雅啓程，兩公子轉回府中，
米納雅朝著女主人所在的聖彼得趕路程。
看到米納雅來到，女主人們高興非常。
米納雅下了馬，去向聖彼得祈禱，
祈禱後，他走向女主人把話講：
「我向您鞠躬，堂娜希梅娜，上帝保佑您免遭災殃，
您的女兒，兩位女公子也受主的保佑，
熙德從他所在的地方向您問候，
我離開他時，他身體康健，有大量財寶在手。
國王已開恩，他已經把你們釋放，
讓我把你們帶到巴倫西亞，那兒有咱們的田莊。

當熙德看到你們平安健康，
他會對一切滿意，絲毫不會憂傷。」
堂娜希梅娜說：「願造物主指方向！」
米納雅·阿爾瓦爾·法涅斯派三名騎士
去巴倫西亞見熙德，向他們講：
「你們向康佩阿多爾說，『願上帝保佑他免遭災殃』，
國王已經把他的妻女釋放，
我們在國王土地上行進期間，國王派人供給我們軍需、食糧。
再過十五天，如果上帝保佑我們免遭災殃，
我和他的妻女以及所有陪侍她們的伴娘
就會到達他的身旁。」
騎士們啓程，小心地把米納雅的叮囑執行，
米納雅·阿爾瓦爾·法涅斯在聖彼得暫時留停。
在這兒，各位能看到多少騎士來自南北西東，
他們都想去巴倫西亞投奔比瓦爾的熙德英雄。
他們懇求米納雅·阿爾瓦爾幫助他們成行。

米納雅說：「做這事我很高興。」
六十五名騎士已經集中，
還有他原先帶來的騎士一百名，
他們都是女主人的好陪同。
米納雅把五百馬克給了修道長，
另外五百馬克給了誰，我還要向各位講，
給了堂娜希梅娜和她的女兒，
以及侍奉她們的貼身伴娘，
賢良的米納雅又給她們出主張：
在布爾戈斯可以買到最精美的首飾和服裝，
布爾戈斯的馴馬和騾子也肥壯。
她們買好了服飾和騾馬
賢良的米納雅正準備上馬，
瞧！這時拉克爾和比達斯突然撲到他脚下：
「米納雅，勇敢的騎士，開恩吧！
您要知道，熙德再不付錢，我們就要垮，

只要他還給我們本錢，利錢我們就不算啦！」
——「如果上帝保佑我到達他身旁，我一定對他講，
你們幫過忙一定會得到很好的報償。」
拉克爾和比達斯説：「但願造物主這樣安排，
否則，我們就要離開布爾戈斯去找他結帳[31]。」
米納雅·阿爾瓦爾·法涅斯又回到聖彼得時，
很多人把他歡迎，但這時他卻又要準備回程；
當米納雅要告別時，修道長非常悲痛：
「米納雅·阿爾瓦爾·法涅斯，願主把您保佑！
請您代我親吻康佩阿多爾的手，
願他不要把這所修道院拋到腦後，
這所修道院的聖靈將永遠把他的保佑，
他的榮譽將會增長無止休。
米納雅回答説：「我很高興去實現您的要求。」
他們告別並啓程，
照顧他們的欽差陪他們同行。

在國王的土地上，他們會得到充分的糧草供應。
從聖彼得到梅迪納塞利，他們走了五天的路程，
現在女主人們和米納雅都到達了梅迪納塞利城。
這兒我再把送信的騎士們向各位講一講，
當熙德對他們到來的原委得知周詳，
他感到由衷的歡暢，
於是他開口把話講：
「誰派出好使者，誰就能有好消息在望。
你，穆尼奧·古斯蒂奧斯和佩德羅·貝穆德斯，
同忠誠的布爾戈斯人馬丁·安托利內斯，
還有主教堂赫羅尼莫——著名的教士，
你們率領武裝戰士一百名——在途中準備戰鬥——
你們將奔馳過阿爾巴拉辛[32]，
再向前，就是莫利納城，
那兒有我的朋友阿本加爾邦[33]，我們之間保持著和平，
他會再派給你們騎士一百名；

接著你們要飛馬馳向梅迪納塞利城，
在那兒，如果情況同他們向我稟報的相同，
你們就能同我的妻女和米納雅相逢。
你們要以崇高的光榮把她們向我這兒帶領。
我將定居在巴倫西亞，我爲它付出了巨大代價，
如果放棄它，那眞是傻瓜，
因爲這是我的土地、田莊，我要在巴倫西亞住下。
熙德說完這番話，他們就上馬啓程，
他們全力趨行，途中儘量不留停。
過了阿爾巴拉辛，到了布朗查萊斯[34]，
第二天他們休息在莫利納城。
那摩爾人阿本加爾邦得知他們來臨，
他心中高興，出來迎接他們：
「你們來啦？我親愛朋友的家臣，
各位要知道，我很高興而不擔心。」
於是穆尼奧·古斯蒂奧斯緊接著把話講：

「熙德向您致敬，
並請您率領騎士一百名
去到梅迪納塞利把他的妻女接迎；
請您把她們帶到這裡，
然後一直陪送她們到巴倫西亞城。」
阿本加爾邦說：「這樣做我很高興。」
當晚，爲他們設的晚宴十分豐盛。
翌晨他們又上馬前行，
他們要求阿本加爾邦率一百名騎士，但他帶了兩百名。
他們越過光禿禿的高山[35]，
又穿過塔蘭斯平原[36]，
接著就走下阿爾布胡埃河谷[37]，
他們毫不擔心害怕，一直奔向前。
在梅迪納塞利，人們都小心戒備，
看到武裝人員來臨，米納雅有些懷疑，
他派了兩名騎士去探明眞相，

這兩名騎士立即前往，因爲他們都勇敢異常；
一位留在他們一起，另一位回來向米納雅報告端詳：
「他們是爲找咱們而來，都是康佩阿多爾的人員，
您可看見佩德羅·貝穆德斯走在前面，
還有穆尼奥·古斯蒂奥斯，他們都同您親密無間，
還有馬丁·安托利内斯，他在布爾戈斯土生土長、
主教堂赫羅尼莫，虔誠的教長；
阿本加爾邦總督帶來了他的武裝力量，
爲使熙德心情歡暢，他給熙德增添榮光；
他們都將一起到來，就在這片刻的時光！」
「咱們去迎接他們，」米納雅講。
他們急忙把馬上，
百名騎士齊出動，眞是英姿颯爽，
他們騎的是披著精美綢紗的駿馬，
他們頸上掛著盾牌[38]，馬鞍上佩掛鈴鐺[39]，
每人都手執帶槍旗的長槍。

這使人看到阿爾瓦爾·法涅斯安排得多麼妥當，
也使人看到他陪同女主人走出卡斯蒂利亞的盛況。
最先到達米納雅面前的是偵察兵，
他們開始把手中的武器耍弄[40]；
哈隆河邊，一片歡騰。
其餘人也都來到這裡向米納雅鞠躬致敬。
當阿本加爾邦來到，
他一看見米納雅，就微笑著前去把他擁抱，
按照摩爾人的習慣在他肩上親吻[41]並問好：
「米納雅·阿爾瓦爾·法涅斯，我同您相逢的日子眞美妙！
您帶來了女主人，這使我們的榮譽更高，
她們是善戰的熙德的妻子和親生女兒，
我們尊敬她們，因爲熙德命大運好，
即使我們對他起什麼壞心，傷害他的事也做不到，
他永遠同我們一起，不論和平或作戰，
誰要不明白這眞情，我看他就是笨蛋。」

八十四

行路人在梅迪納塞利休息；從梅迪納塞利出發去莫利納；到達巴倫西亞近處

阿爾瓦爾·法湼斯·米納雅微笑著把話講：
「您是熙德的忠實朋友，阿本加爾邦！
只要上帝保佑我平安地見到他、到達他身旁，
您所做的一切就不會徒勞無償[42]。
現在咱們去卸下戎裝，因爲晚飯已準備停當。」
「我很高興接受您的款待，」阿本加爾邦講，
「三天之內我將倍加報償。」
進了梅迪納塞利，米納雅招待他們進餐，
進餐後，他們都很喜歡，
米納雅讓那位欽差回轉。
在梅迪納塞利舉行的慶宴如此豐盛，

這給了在巴倫西亞的熙德以光榮，
米納雅没花費分毫，國王付了全部費用。
夜晚過去，翌日黎明，
他們做過彌撒，然後上馬啓程，
離開了梅迪納塞利，接著渡過了哈隆，
在阿爾布胡埃洛河上游，催馬加鞭，
越過塔蘭斯平原，
阿本加爾邦統轄的莫利納就在眼前。
堂赫羅尼莫主教，虔誠的基督教人，
他日夜護衛著女主人；
他右側帶著戰馬[43]，身後有牲口[44]把武器馱運。
他和阿爾瓦爾·法涅斯相伴前進，
他進入了莫利納——美麗而富裕的城鎮，
摩爾人阿本加爾邦無微不至地服侍他們，
他供給他們一切需要，不差毫分，
連他們的馬掌，他都命人除舊更新。

上帝啊，他多麼尊敬米納雅和女主人。
次日清晨，他們又騎馬前進，
直到巴倫西亞他一路上都盡心服侍他們；
那摩爾人支付全部開銷，沒向他們收取毫分。
他們都負著光榮的使命，興高采烈地前進，
直到離巴倫西亞三萊瓜[45]遠近，
他們就派人去巴倫西亞送信，
信送給了熙德——他佩劍在吉時良辰。

八十五

熙德派人迎接旅人

熙德從來沒有如此歡欣，
因爲他得知他最愛的人已經來臨。
他命令騎士兩百人

快去迎接米納雅和高貴的女主人。
他自己留守在巴倫西亞城中，
信米納雅能謹慎地把全部人馬帶到這座城。

八十六

堂赫羅尼莫提前到巴倫西亞以便準備儀式；熙德騎馬出迎希梅娜；全體進城

被派遣的人都來接迎
米納雅、夫人、小姐和全體陪從。
熙德向留在城中的部下發命令，
命他們把守好堡壘和高塔樓，
把守好所有的門和出入口，
又命人牽來他不久前獲得的巴維埃卡，
——從被戰敗的塞維利亞國王那裡奪得的一匹馬。
在好時辰佩帶寶劍的熙德心中尚不明：

1575 這匹馬是否奔馳如風，站定如釘。
巴倫西亞的城門口非常安全，
在這兒爲了歡迎熙德的妻女，作了武裝表演[46]。
女主人們受到十分隆重的歡迎。
堂赫羅尼莫主教已經提前進了城，
1580 他下了馬就走向教堂，
同教堂的所有人及時準備停當：
他們身穿白色法衣，掛著十字架，
走出城去迎接女主人和好漢米納雅。
那生在吉時良辰的人也及時出城不耽擱時光，
1587 他身穿絲綢戰袍，鬍鬚已經長得很長；
1585 已經給巴比埃卡備好了鞍，馬飾也都配得很妥當，
熙德手執武器騎在這匹駿馬上。
1589 熙德騎的這匹馬名叫巴比埃卡，
1588 有一次賽馬中，它的成績優異，
1590 所有觀看賽馬的人都非常驚奇，

從那天起巴維埃卡就名傳西班牙各地。
賽馬的歡迎儀式[47]結束後，熙德下了馬，
他走向他的妻子和兩個女娃，
堂娜希梅娜見到他，就撲向他腳下：
「慈悲啊，康佩阿多爾，您在好時辰佩了劍！
您解脫了我多少恥辱和羞慚；
主公啊，現在我和您的兩個女兒來到了您面前，
承上帝保佑，托您的福，她們很康健。」
熙德把他的妻女緊緊擁抱，
他們歡樂的淚珠流成串。
全體武裝衛隊都歡天喜地，
他們做過武裝表演又把木板模擬堡壘推翻。
各位請聽，在好時辰佩劍的人怎麼講：
「您，堂娜希梅娜，我的親愛的妻，您多麼端莊，
我的兩個女兒猶如我的心肝一樣，
你們同我一起進巴倫西亞城，

我爲你們奪取的這座城。」
母女親吻他的雙手後，
進入巴倫西亞，感到十分光榮。

八十七

女主人從城堡上鳥瞰巴倫西亞

熙德同她登上城堡，
登到城堡最高的地方。
美麗的眼睛望向四方，
巴倫西亞城在他們眼底伸張，
他們眺望在城市另一方的海洋，
也看到巴倫西亞灌溉區蔥鬱而寬廣，
還有其他所有的景物也都令人神往；
他們舉起手祈禱上蒼，

感謝上帝恩賜這美妙而遼闊的城莊。
熙德和他的部下愉快地消度光陰，
冬天過去，即將開始的是三月的時光。
我要向各位講講海外那邊的情形[48]，
說一說摩洛哥的尤蘇弗國君[49]。

八十八

摩洛哥國王來包圍巴倫西亞

熙德堂羅德里戈使摩洛哥國王痛苦：
「熙德深深地侵入我的疆土，
他只感激耶穌基督。」
於是國王命令他的部隊集中，
共集合了武士五萬名。
他們上船出海航行，

駛向巴倫西亞去追尋熙德堂羅德里戈的行蹤。
船一靠岸，他們就把陸登。

八十九

他們到了巴倫西亞——熙德占領的城，
這些不信仰主的人在城外紮下帳篷宿營。
這消息傳到了熙德耳中。

九十

看到摩洛哥的軍隊，熙德高興，希梅娜的恐懼

「感謝主，感謝靈魂之父！
我所有的財富都在眼前：
我艱苦戰鬥奪得的巴倫西亞，我把它當作家園，我寧死也不願把它丟棄一邊。
感謝造物主和聖母瑪莉亞的保佑，
我的妻女都來到了身邊。
現在海外的『美餐』已經來到我眼前，
我不會放過它，我一定要出戰；
我的妻女將會看到我戰鬥在疆場；
她們將會看到怎樣才能生存在異鄉，
她們會親眼看到如何獲得生活的食糧。
他的妻女都登上了城堡，
她們了望見敵軍紮下的營帳：
「願主保佑您啊！熙德，這是什麼？」
「賢德的妻子，您不要害怕！
這是大批珍奇的財寶，它會使咱們的財富增加：
你們剛來到，他們就把禮物送到家，
爲您女兒們的婚事，他們來送禮作陪嫁。」
「感謝您，熙德，感謝靈魂之父。」

「我的妻，您在這城堡中留下，
您看我打仗，不要害怕，
向咱們降恩的是上帝和聖母瑪莉亞。
因爲您在這兒觀戰，我胸中勇氣倍加；
上帝保佑我打這場仗，我定能把敵人打垮。」

九十一

熙德鼓勵妻女；摩爾人侵入巴倫西亞的灌溉區

敵營紮下後，已經天明，
這時響起一片激烈的鼓聲[50]。
「今天的日子多麼好！」熙德說，他感到十分高興，
但是恐懼卻攫據了他妻子的心胸，
他的女兒和侍女們也嚇得要命，
她們平生從沒有經受這樣的震動。

熙德·康佩阿多爾捋著鬍鬚說：
「你們不要害怕，一切都會對你們有利，
十五天之內，如果主願意，
咱們就能把那些鼓拿到手裡，
爲了讓你們看個究竟，還會把鼓送到你們眼底，
然後再送給堂赫羅尼莫主教，
讓他把鼓掛在聖母馬利亞的教堂裡。」
熙德就這樣把這個願[51]許下。
於是女主人感到歡欣而不再懼怕。
這時，摩洛哥的摩爾人敏捷地上了馬，
闖進灌溉區，肆無忌憚地踐踏。

九十二

基督教徒的馬隊猛烈進攻

瞭望塔上望見了這般情況，當即敲響警鐘；
魯伊·迪亞斯的部隊敏捷地行動，
他們披堅執銳，心潮洶湧衝出城。
同摩爾人一碰上，他們就馬上進攻，
他們把摩爾人趕出灌溉區，摩爾人狼狽得難以形容；
當天他們共殺了摩爾人五百名。

九十三

作戰計劃

他們一直追殺到敵營，
由於已經戰鬥很久，他們開始轉回程，
但阿爾瓦羅·薩爾瓦多雷斯卻落入敵人手中。
吃熙德糧的人都回到了熙德營中；
他們向他報告發生的事情，但他早已親眼看清，對他們取得的戰果，熙德感到高興：
「不能就此罷休，騎士們，聽我命令： 1685
今天打得好，明天還要比今天強，
明天拂曉，全體一齊武裝，
堂赫羅尼莫主教將爲咱們祈禱免罪， 1689
做過彌撒，咱們就上馬， 1688
以造物主和聖雅各之名， 1690b
不等敵人奪咱們的糧，咱們就要把他們戰勝。」
「我們願忠心奮戰。」全體回答，異口同聲。
這時米納雅立即把自己的心願表明：
「如果您樂意，請給我命令，
爲了戰鬥，請給我騎士一百三十名； 1695
當你同敵人廝殺時，我從另一面進攻；
上帝會保佑咱們，您從這邊打，我從那邊攻。」
熙德說：「我很高興。」

九十四

熙德應允主教殺頭陣[52]

白晝退去，開始進入夜晚，
基督教徒都在準備作戰，毫不怠慢。
黎明之前，雞叫二遍[53]，
堂赫羅尼莫主教爲他們做彌撒，
彌撒做後，又爲他們免罪：
「誰在這兒面對面同敵人作戰而死去，
我免除他的罪，上帝會把他的靈魂收取。」
主教還說：「熙德堂德里戈，您在好時辰佩戴寶劍，
今早我爲您做了彌撒，
求您賜我恩寵吧：
請派我上頭陣衝殺！」

「同意您擔當此任。」康佩阿多爾回答。

九十五

基督教徒出戰，尤蘇弗被擊敗；不尋常的戰利品；熙德問候妻女；賞賜希梅娜的侍女們；分戰利品

全體武裝後，都從瓜爾托塔樓[54]之間走出城。
熙德不斷地向隨從們諄諄號令。
留下守衛城門的人也都非常機警。
接著，熙德縱身躍上巴比埃卡，他的好坐騎——
各種馬飾披戴齊整。
熙德的大旗高高地舉過了巴倫西亞城，
熙德率領戰士三千七百名，
勇敢地衝殺來敵五萬名；
阿爾瓦爾·法涅斯·米納雅從另一面進攻，

遵從造物主的意旨，他們要把敵人戰勝。
熙德先使用長矛，然後伸手把寶劍握手中[55]，
他殺的摩爾人多得數不清；
鮮血順著小肘流下似泉湧。
熙德向尤塞弗國王三次砍殺，
尤塞弗躲過了劍，撥馬而逃，
他鑽進了庫利埃拉——宮殿式的城堡[56]；
比瓦爾的熙德和他的勇敢的隨從，
緊緊追擊到此城。
然後，在好時辰出生的人從此地轉回程。
他爲了所獲得的戰果高興；
他還對巴比埃卡從頭至尾稱讚連聲。
全部戰利品都落入他們手中。
他們已經清點過：在五萬名摩爾人中，
只有一百零四名死裡逃生。
熙德的部隊已經奪取了敵營，

他們獲得了三千金、銀馬克，
另有別的財寶數不清。
熙德和他的部下都高興：
主保佑他們戰勝了敵營。
既然已經打敗了摩洛哥國王，
熙德就把米納雅留下料理一切事情，
他自己率領一百名騎士回到巴倫西亞城。
他卸了戎裝[57]，也脫下了束緊帽，
手持寶劍、騎著巴比埃卡進了城。
正在等候他的貴婦們把他接迎，
熙德到她們面前勒馬留停：
「女主人們，我向你們鞠躬[58]，我爲你們贏得了巨大光榮。
你們留守巴倫西亞城，我在疆場得勝；
這一切都由上帝和諸聖徒的意旨注定。
你們剛來到，主就賜了這些戰利品。
你們看，血染寶劍，戰馬汗淋淋；

我們就這樣在戰場上打敗摩爾人。
懇求主保佑你們長壽，
您們會享有榮譽，將有更多部屬吻你們的手。」
説完這番話，熙德下馬。
看到熙德下馬、脚落地，
侍女們、他的女兒們和高貴的妻，
都在熙德面前跪下：
「我們都受您的恩，願主保佑您享有更長的年華！」
她們跟隨著熙德進入府邸，
在熙德身旁她們都坐上珍貴的長椅。
「堂娜希梅娜，我的妻，您不是向我要求過嗎？
我現在就讓您的侍女們同我的家臣們結婚；
您帶來了她們，她們都對您服侍很殷勤，
我贈送她們每人兩百馬克作禮品，
要讓卡斯蒂利亞的人知道她們侍奉的是什麼主人。
至於女兒們的婚事，要從容再論。」

衆侍女都站起來去把熙德的手親吻，
於是全府邸都在異常的歡樂中浸沈。
熙德怎樣說，大家就都怎樣遵循。
米納雅·阿爾瓦爾·法涅斯和他的手下所有的人，
在郊外戰場上清點、登記戰利品：
有武器、珍貴的衣物和帳篷，
他們得的財物眞是太豐盛，
我只能把最主要的說給大家聽一聽：
到底一共多少馬匹，他們自己也數不清，
因爲很多馬脱繮而逃，没有人手把它們收留；
另外，還有些馬已被當地的摩爾人牽走；
儘管如此，還有一千匹精選的好馬，
落入著名的康佩阿多爾手中！
熙德分得了如此大量的戰利品；
其餘的人也都對自己得的份額感到稱心。
熙德和他的家臣們，

獲得了很多精雕的營柱[59]和貴重的帳篷；
其中最精美的是摩洛哥國王的帳篷[60]：
兩支雕金的營柱把它支撐。
著名的熙德康佩阿多爾命令，
讓那座營帳立著，不准任何人觸碰。
「摩洛哥人帶來的這寶貴帳篷，
我要向卡斯蒂利亞的阿方索國王獻贈[61]，
讓他知道熙德又建了新功。」
這大量的財物都運進了巴倫西亞城。
堂赫羅尼莫主教，傑出的教士，
當他親手把這場鏖戰結束了，
他記不清已經把多少摩爾人殺掉。
他分的戰利品也眞不少；
另外，熙德堂羅德里戈，他在好時辰誕生，
又把自己份額[62]的十分之一向主教饋贈。

九十六

基督教徒們的歡樂；熙德再向國王獻禮

巴倫西亞的基督教徒都滿意，
他們獲得了大量的馬匹和武器；
堂娜希梅娜和她的兩個女兒也稱心，
所有的侍女都已結婚。
於是，賢良的熙德不耽擱時光，說了話：
「您在哪兒？好漢，到這兒來，米納雅，
分給您的財物，您就不必辭謝地收下；
我還眞誠地告訴您：從我分得的那『五分之一』中，
您可以任意取拿，剩下的給我留下。
明日凌晨您必須出發，
帶著我那『五分之一』中的駿馬，

每匹馬都配上鞍座，轡頭和寶劍一把；
爲感激國王對我妻子和兩個女兒的愛護
(因爲他送我妻女到她們希望來的地方)，
我要把兩百匹馬獻給阿方索國王，
願國王別把巴倫西亞的統治者[63]往壞處猜想。」
熙德還命令佩德羅·貝穆德斯陪同米納雅。
次日清晨他們跨上了快捷的駿馬，
他們帶領著兩百名部下，
他們將代熙德向國王問候並吻他的手；
還要告訴國王：熙德獲得了戰鬥的勝利，
熙德向國王送上兩百匹駿馬作獻禮；
熙德還命他們轉述：「永遠效忠國王，只要生命不息。」

九十七

米納雅攜獻禮赴卡斯蒂利亞

他們出了巴倫西亞，上了路。
一路上小心謹愼，因爲帶著這麼多財物。
他們日夜奔走不停步，
過了與王國爲界的山崗[64]，
他們開始打聽阿方索國王當時在何方。

九十八

米納雅到巴利阿多里德[65]

越過山巒、越過河流、越過高崗，
他們到了巴利阿多里德，阿方索國王暫駐的地方；
佩德羅·貝穆德斯和米納雅派人向國王講：
求國王接見這個使者團，
巴倫西亞的熙德派人來奉獻禮物給國王。

九十九

國王出迎熙德的使者；加爾西亞·奧多湼斯的妒嫉

從沒見過國王如此心花怒放，
他命令所有王親貴胄趕快把馬上。
國王躍馬走在最前列，
親自對好時辰出生者派來的使者迎接。
要知道，卡里翁兩公子和熙德的死敵堂加爾西亞，
也在出迎的行列中。
出迎的人有的高興有的隱痛。
他們望見好時辰出生者的使者們，
與其說他們是使者倒不如說更像軍人；
堂阿方索國王劃了十字。
米納雅和佩德羅·貝穆德斯來到國王面前，

他們兩人翻身下馬、脚落地，
在阿方索國王面前屈下雙膝，
吻國王的脚和他跟前的土地：
「恩德啊，阿方索國王，榮譽歸於您，
以熙德康佩阿多爾的名義，我們親吻您；
熙德永遠奉您爲主公，他永遠是您的藩臣，
他對您所賜過的榮譽深深地感恩。
國王，前幾天熙德打了一場勝仗：
他打敗了名叫尤塞弗的摩洛哥國王，
還把五萬敵兵打敗在疆場。
他獲得了非常大量的戰利品，
他的家臣都變成了富有的人。
他向您獻上兩百匹馬並把您的手親吻。」
堂阿方索國王說：「我很高興收下這些馬匹。
感謝熙德給我這樣的獻禮。
但願我會有酬答他的時機。」

聽了國王的話，許多人很高興，並把國王的手親吻。
堂加爾西亞伯爵卻氣忿、憂傷。
他和他的十個親戚走到一旁講：
「熙德的聲譽驚人地增長。
他的榮譽越高，就會使咱們越沮喪。
他輕而易舉地把王侯打敗在疆場，
他奪取他們的馬就像奪死人的一樣；
他的這一切作為卻會給咱們帶來損傷。」

一〇〇

國王表示對熙德寬容

各位請聽阿方索國王的話：
「感謝造物主，感謝聖伊西德羅，
讓熙德送給我這兩百匹馬。

今後我的王國還會更多地借重他。
米納雅・阿爾瓦爾・法涅斯和佩德羅・貝穆德斯，
我要讓你們穿著美好，
我這兒的各種武器也任隨你們挑，
我想讓你們回見熙德時有一副好儀表；
我給你們三匹馬，你們可以從這些馬中挑。
這就是我心中所要講的話，
所有這些發生過的事會讓未來更美好。」

一〇一

卡里翁公子欲娶熙德女

熙德的使者們吻過國王的手，就去休息；
國王命令供給他們一切需要的東西。
現在我想把卡里翁兩公子向各位講一講。

他們兩人正在密謀策劃：
「熙德的事業蒸蒸日上，
咱們向他的女兒求婚，
咱們就會走運、臉上增光。」
於是他們就懷著這種詭秘來見國王。

一〇二

公子求得國王關心其婚事；國王要見熙德；米納雅返回巴倫西亞向熙德報知一切；熙德確定會見地點

「國王，我們的主公，我們求您降恩。
如蒙恩准，我們希求：
您要康佩阿多爾的女兒們同我們結婚，
這會使他們光榮，也有益於我們。」
國王沈思良久，然後講：

我把賢良的康佩阿多爾從我的國土上流放，
我給他製造了禍殃，他卻爲我的利益貢獻異常。
要說這婚事，我可不知是否合乎他的意願，
不過既然你們要求，咱們可以同他商量。」
於是，堂阿方索國王召見
米納雅·阿爾瓦爾和佩德羅·貝穆德斯，到一間側室內同他們交談：
「米納雅，佩德羅·貝穆德斯，你們聽，
熙德魯伊·迪亞斯·康佩阿多爾對我效忠，
他應得到我的寬恕；
他可以來跟我在一起，如果他高興。
另外，還有一件事發生在我的宮廷，
卡里翁公子迭戈和費爾南多，
想向熙德的兩個女兒求婚。
我要求你們爲我傳好訊，
你們去告訴康佩阿多爾那賢良的人，
如果同卡里翁公子們聯姻，

他將會享有更大的榮尊。」
米納雅講了話（佩德羅認爲他說得好）：
「我們一定把國王的吩咐轉達到，
然後由熙德自己酌定可否。」
「你們告訴魯伊．迪亞斯——他生在好時辰——
我將到他認爲合適的地方同他會面，
讓他選定我們會面的地點。
我願盡量給他方便。」
接著熙德的使者們向國王辭行，
他們全都返回巴倫西亞城。
當康佩阿多爾得知他們已回城，
他急忙上馬出迎；
熙德向他們微笑並把他們擁抱：
「米納雅，佩德羅．貝穆德斯，你們來了？
這兩條好漢，眞是世上難找！
從我的主公阿方索那裡帶來了什麼信息？

他是否高興？是否收下了獻禮？」
米納雅答道：「他收下了獻禮，
他很歡喜並向您賜下愛意。」
熙德說：「感謝造物主！」
說了這些話，使者們接著把那件事鋪陳：
阿方索國王——那萊翁人，
要求熙德讓兩女兒同卡里翁兩公子成親，
說這樣會增加熙德的體面和榮尊，
國王衷心勸告，言語諄諄。
賢良的熙德康佩阿多爾聽了此言，
沈思良久，然後這樣講：
「感謝我主基督，
我被除去光榮，放逐異鄉，
爲重獲國王的恩寵，我付出了巨大力量。
感謝上帝，國王將恩寵對我重降，
他還要我把女兒們嫁給卡里翁公子倆。

1937b 米納雅，佩德羅·貝穆德斯，你們說，
你們認爲這門親事如何66？」
——「我們會同您的看法一樣。」
熙德說道：「卡里翁公子是顯赫的貴胄，
1938 他們很驕傲，與衆御從一起常在國王左右67。
這門親事我雖不稱心，
1940 但那作媒的是比咱們高貴的人。
咱們現在秘密地商量這件事，
願天上的主能給咱們最好的啓示。」
——「除此之外，阿方索國王還講，
他願意同您相會在您所喜歡的地方；
1945 他要見您並再把恩寵降，
那時您可向他吐露您認爲最適當的主張。」
熙德說：「我心中歡暢。」
——「會面的地點，」米納雅講，
「要由您選定。」

——「只要阿方索國王召我去，
無論他在哪裡，我都要去朝見，
這是他，國王，主公，應有的尊嚴。
不過既然他樂於這樣辦，我就遵旨選地點。
我擬定在塔霍大河之畔會面，
請我的主公隨意決定會面的時間。」
修好上奏國王的書函，熙德端莊地蓋上印章，
他派兩名騎士前去送呈：
康佩阿多爾一定遵照王旨而行。

一〇三

國王確定會面時間；國王及其隨從準備赴會

兩位騎士把信函呈上，
國王閱後，心中歡暢：

「你們代我問候熙德，他佩劍在好的時光，
三個禮拜之後就是我們會面的日期，
只要我在世上，我一定前往。」
兩騎士立即轉回，沒有耽擱時光。
這方和那方都爲會見做準備；
在卡斯蒂利亞，誰見過這麼多名騾、
這麼多善走的馴馬、
這麼多駿健的千里馬、
這麼多美麗的槍旗在精製的槍桿上配掛、
這麼多金、銀鑲嵌的盾牌、
這麼多披風、皮張和安德里亞的薄綢紗[68]？
國王命令把豐富的食品送到塔霍河畔，
他將同熙德在那兒會面。
大批隨從簇擁著國王前往會見的地方。
卡里翁兩公子因赴會高興非常。
爲婚禮他們這邊負債，那邊還賬：

他們想婚後財富會增長、
想要多少金銀都能弄到手上。
堂阿方索國王策馬快行，
伯爵、行政官[69]和大批衛隊把他簇擁。
卡里翁公子也帶著大批隨從。
跟隨國王的有萊翁人和加利西亞衛隊，
還有卡斯蒂利亞衛隊，各位知道，眞是數不清！
他們放開繮繩，一直朝向會見的地方奔騰。

一〇四

熙德及其隨從準備前往會見地；他們離開巴倫西亞；國王和熙德在塔霍河畔會面；國王莊嚴地寬赦熙德；宴會；國王要求熙德嫁兩女給兩公子；熙德將女兒托付給國王；國王作她們的主婚人；會面結束，熙德向告別的人們贈禮；國王將兩公子交給熙德

在巴倫西亞，爲了準備會見，

熙德康佩阿多爾抓緊時間。
準備了多少健壯的騾子、多少善走的馴馬、
多少精製的武器、多少珍貴的披肩、
多少千里馬、多少披風和皮張！
不論大人或少年都穿著鮮艷的衣裳。
米納雅・阿爾瓦爾・法涅斯、佩德羅・貝穆德斯、
曾統治過蒙特馬約爾的人——馬丁・穆尼奧斯、
布爾戈斯的好漢——馬丁・安托利內斯、
堂赫羅尼莫神父——勇敢的教士、
阿爾瓦羅・阿爾瓦雷斯、阿爾瓦羅・薩爾瓦多雷斯、
穆尼奧・古斯蒂奧斯——驍勇的騎士、
那來自阿拉貢的人——加林多・加爾西亞：
這些人都準備伴隨康佩阿多爾同行，
另外還有很多人也都想當熙德的隨從。
但康佩阿多爾命令：
阿爾瓦羅・薩爾瓦多雷斯[70]和阿拉貢人加林多・加爾西亞，

要全心全意守衛巴倫西亞城，
所有留下的人都要聽從他們的命令。
熙德還命令：
城堡的門要緊閉，晝夜都不准開城。
他的妻子和兩個女兒
以及侍奉她們的侍女們都在城中，
他愛妻女猶如自己的心靈。
此外，這勇敢而謹慎的英雄，
還下達了這樣的命令：
他回來之前，不准任何人出城。
熙德和衆隨從踢刺駿馬離開巴倫西亞城。
健壯的戰馬飛馳奔騰，
——駿馬全是熙德戰鬥所得，並非他人贈送。
爲了赴約會見國王，熙德離城遠行。
堂阿方索國王提前一天到達會面的地方。
大家一看到康佩阿多爾到來，

就出來對他十分隆重地接待。
熙德——他誕生在好時辰——
剛遙見主公，就命令他所有跟從的人
——除了心腹騎士——停止前進。
按照那在好時辰出生者的預先計劃，
他和十五名騎士一起下馬，
他們屈下雙膝，雙手著地，
並把田野裡的草用牙齒啣起[71]，
他們歡欣的淚水簌簌下滴；
熙德就這般向他的主公表示恭順之意。
他如此在國王腳邊拜倒；
堂阿方索國王很難過地說道：
「您站起來吧，熙德康佩阿多爾，
您吻我的手，不要吻腳，
如果您不這樣做，我的恩寵您就得不到。」
康佩阿多爾仍舊跪著說道：

「我天生的主公，我懇求您憐憫，
我要這樣跪著求您施恩，
這兒我所有的人都懇求聆聽玉旨綸音。」
國王說：「我會如此做，我由衷地高興；
我對您寬恕，我還給您恩寵，
從今日起，您在我的整個王國都受歡迎。」
於是熙德開言這般謝恩：
「阿方索國王，我的主公，我蒙您施恩，
感謝天主，感激您，
也感謝御前的衛士們。」
熙德跪著把國王的手親吻，
接著站起來又在他嘴上吻。
所有的人對此都感到歡欣；
只有阿爾瓦爾・迪亞斯[72]和加爾西亞憂心。
這時熙德又開言說分明：
「我感激造物父的恩情，

他保佑我得到我主公阿方索的恩寵；
還願主日夜保佑著我。
主公，我求您做我的賓客，如果您高興。」
國王說：「這不稱我的心：
您剛來到，而我們昨晚已來臨；
熙德康佩阿多爾，今天您要做我的客人，
明天我們再讓您稱心。」
熙德遵旨並把國王的手親吻。
這時卡里翁兩公子過來向熙德致意：
「我們向您致敬，熙德，您生在好時辰，
爲了您的利益，我們願盡力。」
熙德答道：「但願這是造物主的旨意！」
熙德魯伊．迪亞斯，他誕生在好時辰，
那天他做了國王的貴賓。
國王由衷地喜愛他，和他形影不分。
國王看到：短短的時光，熙德的鬍鬚已長得如此長[73]，其餘所有的人也都對此讚嘆異常。
白晝過去，夜幕下降。
次日早上，升起了明麗的太陽，
熙德命令他手下的人
爲那兒全部人員把餐食準備停當；
熙德康佩阿多爾讓大家心裡歡暢，
所有的人都高興、異口同聲地講：
有三年的時光，從沒有把這樣的美餐品嘗。
又一日清晨，陽光灑下，
堂赫羅尼莫做了彌撒，
然後，大家走出教堂在一起集中，
這時國王立即言明：
「衛士、伯爵、貴族們，你們聽！
我想要求熙德康佩阿多爾一件事情，
願基督主保佑他幸福安寧。
熙德，我要求您把女兒堂娜[74]埃爾維拉和堂娜索爾嫁給卡里翁兩公子爲妻；

我想這樣的姻親既榮耀又很有益。
兩公子向您求親，我作月下老人。
我願這兒所有的人，不論是這方或那方人，
不論是您的人或我的人，都作說親人。
造物主保佑您，熙德，把您的女兒托付給我們。」
康佩阿多爾回答道：「她們年齡不大，尚未成人，
因此我不給她們主婚，
卡里翁公子的名聲廣泛傳聞，
同我女兒聯姻是佳親；甚至他們配得上更好的家門。
我生育了她們姊妹，您教養了她們[75]。
我和她們都蒙您的憐憫。
我把堂娜埃爾維拉和堂娜索爾交給您手中；
您願把她們許配給誰，我都高興。」
國王說：「謝謝您和全朝廷。」
這時卡里翁公子站起來走向前，
去親吻那生在吉時良辰者的手，

並在國王面前同熙德交換了寶劍[76]。
賢良的主公，堂阿方索國王又開言：
「感謝您，熙德賢卿，造物主的嬌寵，
您把女兒交托我許配給卡里翁弟兄。
在這兒我親手把她們接領，
讓她們同卡里翁公子成親。
我給您的女兒們主婚，這已得到您的應允，
願造物主向您賜福降恩。
我把卡里翁兩公子交到您手，
我回程時，他們跟您一起走。
爲幫助他們，我將三百銀馬克向他們贈送，
此款或用於婚禮或支付你需要的費用。
你們回到那巴倫西亞大城，
不論女兒或女婿，他們同是你的兒女，
因此這筆錢，康佩阿多爾，您可隨意使用。」
熙德收下馬克，在國王手上親吻：

「國王，我的主公，我感激您萬分！
是您而不是我作爲小女們的主婚人。」 2110
諾言已許下，話已講明。
明天清晨，當旭日東升，
他們雙方將要各自轉回程。 2112b
這時熙德做了十分慷慨的事情：
多少大騾和名馬各位看分明，
還有珍貴的服裝多得數不清， 2116
他開始向索要禮物的人饋贈。 2115
大家都向他索要，他來者不拒， 2117
把六十匹馬作爲禮物贈送。
所有的人都滿意露笑容。
這時夜幕降臨，於是大家辭行。 2120
國王牽著兩個公子的手，
把他們交給熙德並且說明：
「他們是您的女婿，也就是您的兒子，

從今後他們要對您唯命是從，
他們要把您當作父親侍奉，保衛您像保衛主公。」
——「國王，我感激您，我領受您的恩寵； 2125
願天上之主給您好報應。」

一〇五

熙德不願親自嫁女；米納雅當欽差

「我求您施恩，國王，天生的主公： 2131
國王爲我女兒主婚，我當然高興，
但我求國王指令欽差一名並把我女兒托付給他；
我不親手把女兒嫁給公子，以免他們矜誇。」
國王答道：「那麼這就由阿爾瓦爾・米納雅擔當吧；
您要親手攙著她們，交給公子， 2135
像我此刻做的一樣，彷彿她們就在眼前[77]，您要做主婚人，自始至終；
下次我們見面時，您要向我敘說婚禮的情景。」
阿爾瓦爾·法涅斯說：「這樣做我很高興。」

一〇六

熙德告別國王；禮物

各位知道，這一切都有周密的計劃。
熙德說：「堂阿方索國王，光榮的主公，
爲紀念這次會面，我有點菲禮請收下，
我奉獻您三十匹裝飾完備的馴馬，
還有三十匹鞍轡齊全的跑馬。
我吻您的手，望您笑納。」
「您給我的太多了，」堂阿方索國王回答，
「現在我再收下您贈給我的這些馬。

您使我心中十分歡喜，
願造物主和諸聖徒給您好報答。
熙德魯伊·迪亞斯你對我很崇敬，
我很滿意你對我的殷勤侍奉，
只要我有生命，我就會對您酬報，
我就要離開這約會地，願主保佑您的身心，
願天上的主保佑您一帆風順！」

一〇七

國王的很多隨從跟隨熙德去巴倫西亞；佩德羅·貝穆德斯同兩公子同行

2127 熙德跨上駿馬巴維埃卡，開言道：
「當著國王的面，我在這兒把話講明：
誰想參加婚禮或要我把禮物贈送，
就請借此機會跟我同行。」

熙德辭別阿方索，他的主公，
他不願讓國王出來送別，便就地向他辭行。
你們看多少騎士身穿整齊的戎裝，
他們吻了阿方索國王的手，就把辭行的話講：
「求國王對我們開恩免罪吧，
爲了參加卡里翁公子和熙德女兒
——堂娜埃爾維拉和堂娜索爾的婚禮，
我們將在熙德率領下，
向巴倫西亞大城進發。
於是熙德的隨從增加，而國王減少了侍從，
大批人馬跟隨著康佩阿多爾前行。
他們走向巴倫西亞，那在激戰中奪到的城。
熙德向佩德羅·貝穆德斯和穆尼奧·古斯蒂奧斯命令，
要他們去了解卡里翁公子的習性，
——在熙德府中沒有人比他倆能更好地完成這個使命，
因爲他們了解卡里翁兩公子的惡習種種。

阿蘇爾·岡薩雷斯[78]也同行，他愛亂説亂動、
油嘴滑舌，而沒有別的什麼本領。
卡里翁兩公子享受著很大光榮，
他們眼前就是巴倫西亞，熙德奪到的城；
他們越走近它心中就越高興。
熙德向堂佩德羅和穆尼奥·古斯蒂奥斯吩咐：
「你們給卡里翁公子安排住處。
我派你們跟他們倆一起，
待到明晨旭日升起，
他們就會見到堂娜埃爾維拉和堂娜索爾，他們的妻。」

一〇八

熙德將婚事告知希梅娜

當晚所有的人都去宿息，

這時，熙德進入城堡裡；
希梅娜帶著兩女兒迎接熙德並開言：
「您來啦?康佩阿多爾，您在好時辰佩了劍，
多少天來，我們已爲您望眼欲穿！」
——「感謝造物主，我來了，光榮的夫人！
我給您帶來了女婿，榮譽會因此歸我們；
感謝我吧，女兒們，我給你們聯了好姻親！」

一〇九

堂娜希梅娜和女兒們表示稱心

夫人、女兒以及所有的侍女們，
她們都把熙德的手親吻：
「感謝造物主之恩，也感謝您，熙德，美鬚公之恩，
您所做的一切都使人稱心。

只要有您在，她們永不會受窘困！」
——「您給我們聯親，我們會成爲很富貴的人。」

一一〇

熙德對婚事的疑慮

「堂娜希梅娜，感謝造物主的恩情。
堂娜埃爾維拉、堂娜索爾，我的女兒，我向你們講明：
這婚事會使咱們增加光榮；
但這婚事不是我提出，望你們知道眞情；
提要求的是堂阿方索，我的主公，
他堅決要求，滿腔熱誠，
因此我對此事不能說不行。
爲此，我把你們倆交托他手中；
是他而不是我把你們嫁出，要相信我這說明。」

一一一

準備婚禮；介紹兩公子；米納雅將新娘交給兩公子，祝福和彌撒；十五天的歡慶；婚禮結束；向客人們贈送的禮物；遊唱詩人告別聽衆

於是人們把宮府裝扮，
牆上掛壁毯，花毯覆地面[79]，
到處有螺鈿、珍貴的呢絨和綢緞。
如果各位在那宮殿用餐，一定會很喜歡。
熙德的騎士也正在迅速集合，以免耽擱時間。
這時有差人來請卡里翁兩公子，
他們兩人上馬去宮邸，
身穿珍貴的衣裳，服飾異常華麗。
他們下馬後，走進宮，上帝啊，表現得如此謙恭！
熙德和全體家臣出來接迎；

兩公子向熙德及其夫人致敬，
然後他們坐在華貴的大靠背椅中。
熙德的所有侍從都很慎重，
他們觀察著那在好時辰出生者的面容。
康佩阿多爾站起來開口把話講：
「既然咱們應該做，何必耽擱時光？
阿爾瓦爾·法涅斯，我的心腹，來我身旁！
我在這兒把我的女兒一雙交到您手上；
您知道國王的旨意就是這樣，
我一點也不願違背那已訂下的約章；
您要親手把她們交給卡里翁公子倆，
然後讓他們接受祝福，咱們要把這一切料理停當。」
——「我很樂意這樣做。」米納雅講。
這時兩位女公子站起，熙德把她們交到米納雅手上。
米納雅向卡里翁兩公子講：
「站到我米納雅面前，你們兄弟倆，

我代替國王的手，——國王這樣對我吩咐，——
我把她們倆交給你們，她們出身貴族，
你們娶她們爲妻爲了共同的光榮和幸福。
兩公子非常喜愛地迎接她們，
他們把熙德和希梅娜的手親吻。
這些禮儀結束後，他們走出了宮府，
接著就朝向聖馬利亞教堂快行。
堂赫羅尼莫主教急忙把外衣穿上，
他等待著他們，在教堂門旁。
主教給他們做了彌撒又把福降。
他們走出教堂就上了馬，
馳向巴倫西亞郊外的沙場；
熙德和他的家臣們舞弄刀槍[80]，上帝啊，武藝眞是高強！
那生在好時辰的人三次換馬上沙場。
熙德非常高興地看到這般情況：
卡里翁兩公子的騎技高強。

他們同貴婦們一起回到巴倫西亞城，
盛宴設在榮耀的宮殿中。
次日熙德命人立起七個木板模擬碉堡，
在午飯之前，七個全被打翻了。
結婚慶典持續了十五天，
當靠近第十五天時，貴賓們開始辭行。
熙德堂羅德里戈，他吉時良辰誕生，
他至少把一百頭牲口向客人們贈送：
馴馬、跑馬和騾子都在其中；
另外贈送很多衣服、華麗的皮張和斗篷；
贈送的錢幣更是多得數不清。
熙德的家臣也贊同這樣的饋贈，
他們每人也向客人贈送了禮物，
每個得到財物的人都認爲願望已滿足；
參加婚禮的人都能富裕地回到卡斯蒂利亞。
客人們即將出發回程，

他們都向熙德，他在吉時良辰誕生，
向所有的夫人們和貴冑們辭行。
他們別離熙德和家臣時，都表示感激的心情；
當然都對主人們大爲贊頌。
堂貢薩洛伯爵的兒子們——
迭戈和費爾南多，十分高興樂融融。
客人們返回卡斯蒂利亞。
熙德和他的女婿留在巴倫西亞
兩公子在此地居住了將近兩年，
這兒爲他們舉行過多次盛宴。
熙德和他的家臣們都歡欣。
但願聖母馬利亞和聖父保佑，
讓熙德和那頗重視此婚事的人[81]滿意稱心！
本首歌就此結束吟詠，
願造物主和諸聖徒保佑諸君。

第二歌　註釋

❶❷❸❹此四地均爲卡斯特利翁省南部鄰近巴倫西亞省的城鎮。1091年熙德曾在布里亞納居住。另據歷史記載，熙德在1094年攻克巴倫西亞之後，直到1098年才占領阿爾梅納拉；所以本歌對此事的敍述，在時間順序上，與史實有別。

❺穆爾維埃德羅位於巴倫西亞以北29公里。熙德於1098年攻克該城，亦在攻克巴倫西亞之後。今稱薩貢托。

❻今稱普伊格(Puig)，位於巴倫西亞以北18公里。熙德於1093年攻克該地。

❼熙德突然襲擊摩爾人的營地，當時摩爾人的馬仍繫在馬樁上，所以出現此處描述的情況。2400行也作類似的描述。

❽庫利埃拉曾擁有一個環海的重要城堡（在胡卡爾河口處），距哈蒂瓦30公里，距德尼亞55公里。

❾貝尼卡德爾山古稱佩尼亞・卡迪埃利亞，位於巴倫西亞和阿利坎特省的交界線上。1092此地是從巴倫西亞和哈蒂瓦通向阿爾科伊和阿利坎特的一個戰略點。

❿指巴倫西亞省（除巴倫西亞市外）的全部地區。

⓫指巴倫西亞市。

⓬摩洛哥的阿特拉斯山曾稱克拉羅山。作者在此說的是阿爾莫亞德斯人（摩爾人的一個部落）的首領；阿爾莫亞

德斯人曾於1120年在阿特拉斯山南部與摩洛哥皇帝作戰，1105年皇帝戰死。因此可以看出詩人在此處的敍述，在年代上是與史實不符的。

⑬如32節所敍，摩爾人從巴倫西亞出發，途經塞戈爾維（在卡斯特利翁省南部）和塞利亞（距特魯埃爾市將近2公里），到達卡拉塔尤德。這說明他們走的是當時連接薩貢托（歌中稱穆爾維埃德羅）和卡拉塔尤德的「羅馬路」。塞利亞就在這條通向巴倫西亞的大道上。

⑭據阿拉伯史稱，熙德給巴倫西亞人最後15天的長期以便他們向薩拉戈薩王和穆爾西亞王求援。過了15天，巴倫西亞人未獲援軍，才向熙德投降。

⑮包圍巴倫西亞的時間不是9個月而是20個月。可見詩中所說的9個月是指包圍的第二階段；根據72節所述，早在熙德去召兵之前，包圍就開始了。

⑯從1091年起，塞維利亞沒有國王，它曾被阿爾莫拉維德斯（摩爾人的一個部落）人占領。但根據摩爾人的習慣，常把任何一個將領或首領都稱作國王；可見此處是指當時統治塞維利亞的阿爾莫拉德斯人的一個將軍。

⑰當時不刮臉，不理髮，有時也不剪指甲，是痛苦的表示。這樣做的人經常是爲了履行自己預先發的誓言或諾言，如此處熙德所做。

⑱「被流放的人們」指原來同熙德一起被流放的人。他們與後來參加熙德隊伍的人地位不同；前者在巴倫西亞分得房屋、田園等，而後者只分得戰利品。

⑲隨從人員如不願再跟隨他的主公，必須向他告別，並要說：「我向您辭別並吻您的手，從今後我不再是您的隸

屬。」

⑳指後來跟隨熙德的人。

㉑指原先同熙德一起被流放的人。

㉒此處「東方教士」是含糊不清的泛指；當時在卡斯蒂利亞常指從埃布羅河以北來修廟宇或教堂的僧侶或教士；在巴倫西亞，「東方教士」則常是對法國教士的泛稱，如此處所述的堂赫羅尼莫教士。

㉓薩哈貢是萊昂省的一市鎮，在卡里翁之西35公里，著名的聖培尼多寺在此地。

㉔卡里翁是今帕倫西亞省的卡里翁河沿岸的城市。

㉕巴倫西亞人稱其爲「卡斯特利翁·德拉布拉納」，即1093行所述的「布里亞納」。

㉖詩人只敍述了兩次戰鬥（即一次同巴倫西亞人、另一次同塞維利亞王作戰），而此處說「5次奮戰」，這是詩人前後失顧。

㉗聖伊西德羅（599～636），曾爲塞維利亞的主教。阿方索六世對他的祈禱是從他父親費爾南多一世承襲下來的。當時在卡斯蒂利亞王室中，一直持續著對聖伊西德羅的祈禱。

㉘㉙當時，比瓦爾是一個村莊；卡里翁是一個城市；同時這兩個地名又是兩個不同地位的家族的姓氏，前者較低下，後者高貴，因此卡里翁的兩個公子雖想同熙德的兩個女兒結婚以便獲得他的財物，但因自認血統高貴，所以沒有立即求婚。

㉚梅迪納塞利當時是阿方索國王剛攻克的一個邊境線上的城市。

㉛在此之後本歌沒有再對此事作交待；是作者失顧處。

㉜爲特魯埃爾省的一個城鎮；古稱聖馬利亞。

㉝本歌稱阿本加爾邦爲當時統轄莫利納的總督，見1502、1545行。但史無可考。

㉞爲特魯埃爾省的市鎮，位於該省與瓜達拉哈拉省的交界處，距阿爾拉辛25公里；從布朗查萊斯至莫利納的距離爲45公里，當時相當於1天的路程，見1476行詩。

㉟今稱盧松山。盧松是瓜達拉哈拉省的一個城鎮，位於梅迪納塞利與莫利納之間。

㊱古稱馬塔·德塔蘭斯，是石礫地的平原，位於索里亞與瓜達拉哈拉省之間的阿爾布胡埃洛河谷的高處。

㊲爲哈隆河的支流，是一條小河。行路者從塔蘭斯平原向阿爾布胡埃洛河谷低處走下來，一直可以看到其前方的梅迪納塞利的塔和城牆，行路者則可朝著塔、牆的方向前進。阿爾布胡埃洛河谷雖不是一個重要的地方，但因它位於本歌所涉及的地理範圍的中心點，所以當歌中人物從巴倫西亞到卡斯蒂利亞去時，詩中總要提到該地。

㊳當時使用的盾牌較大（1.20×0.62米）。盾板用馬皮包封，其中心有金屬物鑲嵌，並有金屬半徑線伸向盾牌的邊緣。其鑲嵌物有時是金、銀製品。另有一條帶子繫於盾牌上部的兩角上，作戰時，戰士持盾護胸，平時攜帶則將盾牌掛在頸上。

㊴古時，馬鞍前皮帶上常飾有大鈴。特別在節日賽馬時更常用這種馬飾。

㊵在歡迎、告別或節日時，當時騎士或戰士常耍弄武器做武裝表演或比武以表喜悅。

㊶在肩上或頸上親吻問候，是摩爾人的習慣。

42米納雅在此向阿本加爾邦做了許諾，但下文沒有再提此事；是作者失顧處。

43指一種高大而強健的戰馬，供作戰時騎士乘騎。在一般旅途中，騎士只騎裝飾華麗的馴馬，而把戰馬帶在其右側同行。如遇情況必要，騎士則下馴馬而上右側的戰馬。

44指馱運武器和行裝的騾子。

45一萊瓜等於5572米。

46見註40。

47在歡迎儀式中，騎士常做的一種表演。

48指西北非（今摩洛哥一帶）的摩爾人那邊的情況。

49尤蘇弗·本·特克蘇芬（生年不詳～1116），阿爾莫拉維德人（摩爾人的一個部落）的第一個皇帝，在位58年（1059～1116），曾兩度侵入西班牙，並多次企圖把熙德從他的占領地趕走，但都失敗了。

50一種摩爾人的鼓；敲擊時，聲音很響。

51本歌下文沒有再提此事；是作者前後失顧的細節之一。

52當時作戰經常以派一名傑出的騎士打頭陣作爲開始，而傑出的騎士也經常要求這一光榮任務。

53見第一歌註38。

54瓜爾托是一地名，位於從巴倫西亞去卡斯蒂利亞的路上。瓜爾托塔樓在巴倫西亞城門的兩側，把守這通往瓜爾托大道的城門。今日尚存的塔樓爲15世紀巴倫西亞舊城的擴建物；而舊城本身當時也有其瓜爾托塔樓。

55 作戰時先使用長矛；長矛斷後，使用劍。

56 見註❽。

57 此處指卸去頭盔和兜帽。頭盔在最外，兜帽在中，束緊帽最靠頭臉。

58 常用的問候語。

59 珍貴的營柱有以鑲嵌細木製造的，也有以雕飾金銀製造的。

60 是一種長帳篷，底呈橢圓形，中有兩柱。

61 後文沒有再提起此事。作者失顧。

62 相當於全部戰利品的5分之1，按當時常規，作戰首領應獲這個份額。

63 指熙德。

64 指現瓜達拉馬山。

65 現西班牙的一個省；也是舊卡斯蒂利亞王國的一個省，其省都亦稱巴利阿多里德。

66 關於女兒的婚事，熙德事先同他的侄子（米納雅和佩德羅・貝穆德斯）商量過，但未同其妻商量；只在事後才告知她（見2188行），雖然當時嫁女權屬於父母雙方。但《第一編年史總集》則稱，此時熙德也與其妻商量過女兒的婚事。

67 據1090和1105年文獻記載，迭戈和費爾南多當時曾爲國王的扈從。

68 一說，「安德里亞」是愛琴海上基克拉迪群島中的一個島——安德羅斯島，因當時該島亦稱安德里亞、安德拉、安德萊……，且該島以其薄綢聞名。另一說，「安德里亞」是「阿萊杭德里亞」市場，該市場曾以出售上述薄綢聞名。在一些法國詩歌中也多次提及「阿萊杭德里亞」。

69當時伯爵是一個地區的統治者，代表國王行使軍事、法律、經濟等權力；行政官是擔任低於伯爵職位的富人，一般負責統治一個要塞、一個市鎮或一塊領地。

70 1681行說阿爾瓦羅・薩爾瓦多雷斯落入了敵人手中，而在此處又突然出現，其中作者對情節未作交待。

71古代在印第安人、日耳曼人、意大利和斯拉夫人中，曾有過這樣的習慣，即：被戰敗者以口銜草或以手持草，作爲屈服或懇求憐憫的表示。此處，熙德所作的恭順的表示是上述習慣的殘留。

72阿爾瓦爾・迪亞斯是熙德的敵人。1068年至1111年期間，爲阿方索六世朝廷中的權貴之一，奧卡（布爾戈斯附近的一個舊城市）的總督。

73參看16。

74堂娜是對婦女的尊稱；對已婚婦女稱「堂娜」則是「夫人」的意思，見第一歌註34。

75據當時的習慣，要人的子女常由國王教養並安排其婚事。

76交換寶劍是結親的一種表示。

77國王在這裡象徵地牽著熙德兩女兒的雙手領引她們與兩公子結婚；以此舉象徵他親自到巴倫西亞主持婚禮。又如，按當時的習慣，如交給某人一處田莊，則可以交該田莊的一樹枝或一點草來象徵交田莊。

78阿蘇爾・岡薩雷斯是兩公子的哥哥。雖然遊唱詩人在上未作說明，但聽衆依其姓（岡薩雷斯）可知。

79壁毯在古代早已使用；但地上全覆蓋花毯則是當時東方民族的一種奢侈品，在西方很罕見。

80他們進行武裝表演、比武以示慶賀，見註38。

81毫無疑問，「頗重視此婚事的人」是指說親人——國王。遊唱詩人佯裝不知熙德女兒的命運，以使聽衆繼續保持聽唱的興趣。但因在手抄本上，此處有損傷，所以在情節上此處有可疑處。

第三歌

科爾佩斯橡樹林❶中的暴行

一一二

熙德的獅子出籠；卡里翁兩公子的恐懼；熙德伏獅；兩公子的羞恥

熙德和他所有的部下以及女婿——
卡里翁兩公子，都住在巴倫西亞城。
有一次熙德正熟睡在大靠背椅中，
各位要知道發生了一件多麼駭人聽聞的事情：
獅子破柙逃出了籠。

巨大的驚恐籠罩著整個宮廷；
康佩阿多爾的侍衛們扯起了他們的斗篷，
圍繞著那把大椅，護衛著主公。
卡里翁公子費爾南多・岡薩雷斯不知該到何處躲藏，
他沒有找到敞開門的塔樓或者廳堂，
他魂飛魄散地鑽到大椅下把身藏，
迭戈公子則奪門而出，口中高喊：
「卡里翁我可不能再看見你啦！」[2]
他落魄喪膽，一頭扎到一架榨油機後邊，
他的長袍和斗篷都弄得汚穢斑斑。
這時，那在好時辰出生的人驚醒，
看見衆壯士把他圍護得水泄不通：
「這爲什麼，衛士們，你們想做什麼事情？」
——「啊，獅子使我們驚恐，光榮的主公。」
熙德以肘臂撐起身子，站了起來，
他一直奔向獅子，連斗篷也沒解下；

獅子一看見他來到就駭怕，
在熙德面前，它低頭，臉朝下。
熙德堂羅德里戈走過去抓住它的脖子，
好似以繩索牽引，熙德把它帶過去裝進籠子。
然後，大家又轉回宮殿，
都對這奇觀非常驚嘆。
熙德找尋他的女婿，但卻沒能發現；
雖然到處呼喚，卻沒有一個女婿答言。
後來，他們終於被找到，但卻嚇得臉上血色都不見。
也許各位還沒聽說過這樣的笑話在宮廷相傳。
康佩阿多爾下令禁止對此譏語謔言。
卡里翁兩公子十分羞慚，
對此發生的事感到苦惱不堪。

一一三

摩洛哥國王布卡爾進攻巴倫西亞

正當兩公子爲此事十分沮喪，
摩洛哥軍隊已把巴倫西亞包圍上；
他們紮下五萬頂營帳，2312b
歇宿在瓜爾托❸的田野上。
統帥是布卡爾，也許你們聽說過❹這個國王。

一一四

兩公子畏戰；熙德儆戒他們

熙德和他的全體部屬都高興：2315
感謝造物主，他們的財富又要加增。

但是各位要知道，兩公子卻憂慮重重，
他們怏怏不樂，因爲看到如此多的摩爾帳篷。
於是他們兄弟倆跑到一個角落商談：
「咱們只想到得利，沒想到要丟掉老本錢：
現在咱們就要被捲入大戰，
果眞如此，卡里翁咱們永不會再見；
康佩阿多爾的女兒將作爲寡婦留在世間。」
但他們的密談卻被穆尼奧．古斯蒂奧斯聽見[5]，
他帶著這個消息來到熙德身邊：
「您的兩個女婿也眞是『太勇敢』！
看到即將作戰，他們卻把卡里翁思念。
造物主保佑您，望您去安慰他們釋念。
望您讓他們安靜地留下，不要去參加作戰。
有造物主保佑，我們跟您一定能打勝這一仗。」
熙德堂羅德里戈走出來笑著對女婿講：
「願上帝保佑你們，我的女婿，卡里翁公子，

我的女兒在你們懷抱，她們明潔如太陽！
你們想的是卡里翁，而我想的是打仗，
你們儘管在巴倫西亞消遣遊逛，
因爲我對那些摩爾人了如指掌，
有主保佑，我有勇氣使他們伏降。」

一一五

布卡爾的口信；基督教徒們的疾馳衝擊；費爾南多公子的怯懦（在手抄本上，此處脫句五十行，脫句以《二十國王編年史》的原文補足）；佩德羅·貝穆德斯的慷慨

當他們正在談論此事，布卡爾國王派人給熙德送來了口信：要熙德悄悄地離去，把巴倫西亞讓給他；否則，熙德將爲他所做的一切付出代價。熙德向那送口信的人說：「您去告訴我的敵人布卡爾那小子說，我將在三天之內把他所要求的給他。」

第二天，熙德命令全體部下武裝起來出戰摩爾人。卡里翁兩公子向他要求打前鋒。當熙德編排好隊伍後，公子之一——堂費爾南多向前出戰一個叫阿拉德拉弗的摩爾人。這摩爾人一看見他就向他打來，公子非常害怕他，不敢迎戰而立即拉起馬繮掉頭而逃。

但是在他身旁的貝穆德斯看到這般情況就去迎擊那摩爾人並殺死了他。他奪得了那摩爾人的馬並在那逃跑的公子後面高喊「堂費爾南多，牽過這匹馬，告訴大家說您殺了那摩爾人——這匹馬的主人。我會爲您作證。」

公子說：「堂佩德羅．貝穆德斯，我非常感謝您說的話；
但願有朝一日我能對您倍加報答。」
於是他們倆人一起轉回營地。
費爾南多吹噓的一切，佩德羅都說是眞情。
熙德和他的所有臣下都因此很高興。
「如蒙在天之父施恩情，
我的女婿們會成爲戰場上的英雄。」
他們一邊說著這些話，一邊走近摩爾兵營，
在摩爾人的隊伍中，戰鼓擂得如雷鳴；
不少基督徒對此感到無比吃驚，
因爲他們之中很多人剛入伍，未見過這般奇景。

迭戈和費爾南多更是倍加驚嘆，
如按自己的願望，他們根本不會來到這邊。
這時那生在好時辰的人說了話，各位請聽分明：
「佩德羅·貝穆德斯，親愛的賢侄，聽我命令，
您要照顧迭戈，還要對費爾南多照應，
我對我兩個女婿非常愛寵，
有上帝保佑，這些摩爾人不可能在這郊外久停。」

一一六

佩德羅·貝穆德斯不顧兩公子；米納雅和堂赫羅尼莫請求打頭陣

——「熙德我向您講，請求您開恩，
今天不要叫我當兩公子的護衛人，
他們跟我關係很少，誰都能照顧他們。
我願率領我的隨從打頭陣，

您可率部下堅守後營；
如遇不測，您可給我援軍。」
這時，米納雅·阿爾瓦爾來到熙德面前：
「忠實的熙德康佩阿多爾，請聽我言！
造物主將安排這一戰，
您同主在一起，主一定會對您垂憐。
請派我們到您認爲適當的陣地去作戰，
您給的任務我們每個人都一定能完成。
靠上帝的保佑，托您的鴻福，我們會看清戰局。」
熙德說：「咱們還要平心靜氣地稍等一等。」
此時，堂赫羅尼莫主教也武裝整齊地來到，
他走到熙德面前停下，總是欣喜地講話：
「今天我已爲您作了聖三位一體的彌撒
我別離故土來到您的麾下，
爲了去把摩爾人砍殺；
我想讓我的聖職和我的雙手享有榮譽，

我要求一馬當先投入這場廝殺。
我的武器上有標記，旗槍上畫有雌獐❻，
願上帝保佑，我要試用它們去打仗，
這樣我的心胸會歡暢，
而您熙德也會對我更加讚賞。
如果您不把這種愛賜給我，我就離開您去他方。」
熙德答道：「您的要求使我高興，
摩爾人就在眼前，您可以用他們試試刀槍。
從這裡，我們會看到主教如何戰鬥在疆場。」

一一七

主教破陣；熙德出擊；攻進摩爾人的營地

赫羅尼莫主教猛烈地開始攻擊❼，
他殺進了摩爾人的陣地。

蒙上帝之愛，又加上自己的運氣，
他開頭幾次砍殺就把兩個摩爾人置於死地。
他的槍桿折斷後，就伸手去拔劍。
上帝啊，這主教多麼英勇又善戰！
他用槍刺死了兩名，又用劍殺了三名。
摩爾人依仗人多，包圍了他，
他們猛烈地砍擊，但卻沒能損傷他的盔甲。
那生在好時辰的人目不轉睛地注視著他
這時他自己也把盾牌護好前胸、長槍橫下，
踢刺駿馬巴比埃卡，
直撲向敵前，勇猛地衝殺。
康佩阿多爾衝進前列，
擊倒了七名敵人，殺了四名，
承上帝的意願，從此開始得勝。
熙德和他的部下乘勝追擊敵兵。
各位看，拔下了多少營樁，扯斷了多少繩索，倒落在地的精雕營柱也多得數不清。
熙德的人終於把布卡爾的人逐出了軍營。

一一八

基督教徒們追敵；熙德追斬布卡爾；熙德獲「蒂松」寶劍

熙德的隊伍把敵人趕出營帳，接著追擊逃敵；
你們看，多少穿著護甲的臂膀砍落在地，
多少戴著頭盔的頭顱滾落疆場，
多少失掉主人的馬逃竄四方。
這次追擊的路程共達七英里長。
熙德緊追布卡爾不放鬆：
「來自海外的布卡爾，你快轉回頭來，
把我這大鬍子熙德來看清，
咱們要親吻談友情。」

布卡爾回答熙德說：「鬼才相信這樣的友情！
你寶劍握在手，我還看見你踢馬向前衝，
顯然你是想拿我試你的劍鋒。
如果我的馬兒没絆倒，
你只能與我相會在大海中。」
熙德說：「這可不行。」
布卡爾的馬兒好，大步騰躍向前衝，
但熙德的駿馬巴比埃卡正在追趕它。
在離海三英尋[8]的地方熙德終於追上了布卡爾，
他舉起「科拉達」寶劍猛力劈下，
布卡爾頭盔上的寶石紛紛迸落下，
他劈開了布卡爾的頭盔，又劈開了他的腦；
那寶劍從上到下一直劈到布卡爾的腰。
熙德殺死了來自海洋那邊的布卡爾國王，
把價值一千金馬克的「蒂松」寶劍奪到手上。
這場令人驚嘆的大戰以熙德的勝利告終，

這使熙德和他的全體部下都光榮。

一一九

熙德的隊伍追敵歸來；熙德對女婿滿意；女婿們羞慚；戰利品

熙德的隊伍帶著戰利品凱旋而歸，
2430 各位知道，這都是搜索戰場所得。
熙德身佩珍愛的寶劍一雙，
馳過疆場歸來，迅速異常，
衆戰士一起回營，跟隨著在好時辰出生的熙德
——名聲顯赫的康佩阿多爾・魯伊・迪亞斯。
2435 熙德頭戴緊束帽，緊束著他的頭髮和面龐，
他的兜帽向後掀落在背上。
2455 熙德的衆家臣從四面而來，
2438 這時熙德舉目向前觀望，

他感到很歡快：
他看見堂貢薩洛的兩個兒子
——迭戈和費爾南多——正在走來。
熙德高興得露出俊美的笑容，開了言：
「你們來了？我的女婿，我的孩子，
我知道你們很喜歡作戰；
你們的好消息一定會在卡里翁傳遍，
咱們打敗布卡爾國王的消息也會傳到那邊。
我信賴上帝，信賴諸聖徒，
從這次勝利中咱們將會受益匪淺。」
就在這時，米納雅·阿爾瓦爾也來到，
他脖子上掛著滿是槍擊劍傷的盾牌，
儘管敵人槍刺劍砍，
卻沒能把他傷害。
他殺了二十多個摩爾人，
他肘上鮮血流淌淋淋：

「感謝上帝，感謝聖父，他在蒼穹，
感謝您，熙德，您在好時辰誕生。
您殺了布卡爾，這場戰鬥咱們得了勝。
所有這些財物都歸於您和您的隨從。
您的女婿也在這裡受到了考驗，
他們在戰場上同摩爾人頑強作戰。」
熙德說：「我很喜歡。
現在打得好，將來的戰績會更罕見。」
熙德說的是好話，女婿卻看成是對他們諷刺冒犯。
全部戰利品運到了巴倫西亞城。
戰利品的每一份額[9]價值六百銀馬克。
熙德和他的全體部下都高興。
當熙德的兩個女婿拿到
分給他們的戰利品份額，
他們想此後一輩子也不會困厄。
巴倫西亞的人們打扮得很華麗，

他們有了好的食品、皮張和外衣。
熙德和他的家臣們都欣喜。

一三〇

熙德對其勝利和女婿們滿意（重複）

打了勝仗，又殺了布卡爾國王，
在康佩阿多爾的宮廷上，這一天成了重要的時光，
熙德抬手捋著鬍鬚把話講：
「感謝基督，宇宙之主，
我今天看見我的宿願已經實現：
我的兩個女婿跟我一起在戰場奮戰。
他們的捷報會傳到卡里翁，
會傳說他們如何英勇，這樣咱們都會更光榮。」

一二一

分戰利品

大家都分到了很多戰利品，
他們往日分得的還留在手上，今日分到的也用心保存[11]。
熙德，他生在吉時良辰，
他命令，從這次戰鬥中獲得的戰利品中，
每人領取應得的一份；
並命令不要忘記「五分之一」應歸熙德本人。
所有的人都謹慎地執行了此令。
在熙德應得的「五分之一」份額中，
有六百匹馬，各種騾子，
還有大批駱駝，多得數不清。

一三三

在榮耀之極的時光，熙德打算[11]統治摩洛哥[12]；熙德宮廷中的富有而榮耀的兩公子

康佩阿多爾獲得了這些財物，
他說：「感謝世界之主，
我從前窮困，現在已經變富，
我有莊園、土地、黃金和實物。
我的女婿是卡里翁的苗裔。
遵從造物主的意旨，我戰鬥勝利，
所有的人都對我畏懼。
在摩洛哥——伊斯蘭人居住的土地，
人們顧慮也許在某天夜晚我對他們襲擊。
雖然他們如此害怕，但我卻沒有這麼想；
我不會去向他們尋釁，我將在巴倫西亞度時光。

如承造物主的意願，他們要向我交貢品，
或者交給我，或者交給我指定的人。」
2505 熙德康佩阿多爾的所有隨從
都爲這次勝利進行過英勇的戰鬥，
2508 現在都聚集在這巴倫西亞大城，歡樂融融；
2507 熙德的兩個女婿——卡里翁公子，也非常稱心，
2509 他們兩人取得了價值五千馬克的戰利品，
2510 因而感到自己已經成了富有的人。
兩公子會同別的騎士們一起來到宮廷，
在這兒同熙德在一起的有赫羅尼莫主教、
著名的騎士米納雅，他作戰非常英勇，
還有很多熙德教養的騎士也在宮中。
2515 當卡里翁兩公子走進宮廷，
米納雅代表熙德向他們歡迎：
「你們來吧，妹夫⑬，有了你們我們更感光榮。」
他們兩人的到來也使熙德高興：

「女婿們，這兒我賢良的內人 2520
和我的兩個女兒，埃爾維拉和索爾，
她們都擁抱你們，衷心地侍奉你們。
感謝聖馬利亞，我主之母！ 2524
你們的婚姻給你們帶來了榮光， 2525
好消息將會不斷地傳到卡里翁土地上。

一二三

兩公子的傲慢；他們受到諷刺

聽了熙德這番話，費爾南多公子答道：
「感謝造物主，感謝您，正直的熙德，
我們得到了數不清的財寶，
我們打了仗，我們因爲您而感到榮耀 2530
咱們在戰場上打敗了摩爾人 2522

並把十分奸險的布卡爾國王殺掉。 2523
現在請您照顧其他人吧，我們一切安好。 2531
衆家臣都覺得此話可笑，紛紛議論：
誰作戰最英勇，誰追擊了敵軍；
但誰也沒有看到迭戈和費爾南多兩人。
由於人們對兩公子的嘲弄與日俱增、 2535
對他們不斷地冷嘲熱諷，
他們就設下毒計在心中。
他們難兄難弟倆躲到一旁策劃，
(他們的密談，咱們大家可是沒有參加)：
「咱們回卡里翁吧，在這兒咱們已耽擱時光不少， 2540
咱們業已得到了如此大量的財寶，
咱們一輩子也用不了。」

一二四

兩公子決心辱害熙德之女，要求熙德允許攜妻回卡里翁；熙德接受要求，給女兒們嫁妝；兩公子準備出發，女兒們告別父親

「咱們要求熙德准許咱們走時帶走妻子，
就說爲了讓她們認識她們的莊園[14]在哪裡，
咱們要把她們帶往卡里翁的土地。
咱們不等到人家用那獅子的故事對咱們當面詆毀，
就要把她們弄出巴倫西亞，離開熙德的勢力範圍，
然後，在路途上咱們就可以爲所欲爲。
咱們是卡里翁的伯爵之後，出身顯貴！
咱們一定要帶走這一大批財寶，它價值連城；
咱們也一定要把康佩阿多爾的女兒侮弄。」
——「有了這批財寶，咱們就能富貴一生！」

「咱們將來能同國王或皇帝的公主結婚⑮，
因爲咱們是卡里翁伯爵的子孫。
2555 就這樣：不等到人家用獅子的事對咱們當面譏諷，
咱們就先下手把熙德的女兒侮弄。」
他們兩人合謀後，又回到宮廷，
費爾南多．岡薩雷斯向熙德康佩阿多爾説分明：
「熙德康佩阿多爾，願造物主對您保佑，
2560 我們首先向您請求，並向堂娜希梅娜請求，
也請求米納雅以及這兒您的全體左右，
准許我們帶走明媒正娶的妻室，
我們要把她們帶往卡里翁的土地，
2564-5 讓她們領受我們給她們作聘禮的農莊和田地⑯，
讓您的女兒們看看所有屬於我們的財產，
看看哪些產業將來應由我們的子女承繼⑰。」
2569 熙德沒有疑心他們訂了辱害的毒計：
2568 「我讓你們帶走我的女兒，並送給你們一些東西；

你們給她們卡里翁的農莊和田地，
我給她們三千馬克陪嫁禮；
給你們膘肥體壯的騾和馴馬、
敏捷而壯健的跑馬，
還有呢料和金、絲交織的衣服數量也頗大；
我還給你們寶劍兩把：『蒂松』和『科拉達』，
你們很知道我奪得它們，經歷過猛烈的廝殺；
我把你們當作自己的孩子，讓你們把我女兒帶走，
你們帶走她們，有如帶走我的心上肉。
讓加利西亞、卡斯蒂利亞和萊翁的人們知道，
我送別女婿時，給了他們兩人什麼財寶。
你們要把我的女兒——你們的妻照顧好，
如果你們這樣做，我將慷慨地給你們酬報。」
卡里翁公子對熙德的要求都應允。
於是，康佩阿多爾把女兒交給他們，
然後，他們又接受了熙德的贈品。

兩公子一收齊全部禮品，
馬上就吩咐馱運。
在巴倫西亞大城中，到處歡騰異常，
人們手持劍槍，迅速地把馬上，
都前來歡送熙德的女兒去卡里翁異鄉。
兩姊妹——索爾和埃爾維亞，
即將辭行並上馬出發，
她們走到熙德面前雙膝跪下：
「父親，造物主保佑您，我們求您賜恩，
您和母親生養了我們，
現請雙親大人在女兒們面前聽分明：
父母要把我們送去卡里翁，
我們一定遵從父母之命。
但我們要求父母賜恩：
請派你們的使者到卡里翁。」
熙德擁抱並親吻她們兩人。

一二五

希梅娜告別女兒；熙德騎馬送別行人；凶兆

父親抱吻她們後，母親更多次地抱吻她們：
「去吧，女兒們，願造物主保佑你們！
我和你父親疼愛你們的心伴隨你們。
到卡里翁去吧，那兒有你們的田產和財寶，
我覺得你們的婚姻結得好。」
她們親吻了父親和母親的手，
父母對她們表示慈愛的關懷並祝福她們安好。
熙德和他的隨從騎著馬來送行，
他們帶來大批華麗的服裝、武器和駿馬；
兩公子告別了衆夫人和衆陪同，
現在已經走出了明淨的巴倫西亞城。

在巴倫西亞的灌溉區，衆騎士要弄起武器，
熙德和他的隨從都感到滿意。
但這時在好時辰佩劍的人卻感到一種預兆：
他覺得這婚事並不十分美妙，
但是一對女兒已經嫁出去，他已經後悔不及了。

一二六

熙德派費利克斯·穆尼奧斯陪同他的女兒；最後的告別；熙德返回巴倫西亞；行路人抵達莫利納；阿本加爾邦陪他們去梅迪納塞利；兩公子欲殺害阿本加爾邦

「費利克斯·穆尼奧斯，我的侄子，你在哪裡[18]？
你是我女兒們的堂兄，她們衷心愛戴你，
我派你陪她們一直到卡里翁內地，
你去看看她們的財產和田地，
然後你回來向我康佩阿多爾報消息。」

費利克斯·穆尼奧斯說：「我衷心歡喜。」
這時米納雅走到熙德面前立停：
「咱們回去吧，熙德，回巴倫西亞大城；
如果是上帝和造物父的意願，
咱們將來去卡里翁同她們再見面。」
——「堂娜埃爾維拉，堂娜索爾，願上帝保佑你們，
望你們一切舉止都能使我們歡欣。」
兩女婿回答道：「願這是上帝之意！」
離別的時刻異常悲淒。
父親和兩個女兒傷心地哭泣，
熙德的騎士們也同樣難過得淚水下滴。
「啊，費利克斯·穆尼奧斯，侄兒，你聽命！
你們要經過莫利納城並歇宿一晚在城中，
你要問候我那兒的摩爾朋友阿本加爾邦：
請他接待好我的女婿，盡他一切可能；
告訴他我送女兒去卡里翁，

她們的一切需要都請他提供，
請他看在我的情誼上，陪送她們直到梅迪納塞利城，
對他的幫助，我一定給他上好的饋贈。」
最後他們分別了，正像指甲剝離手指一般同。
生在好時辰的人回巴倫西亞城，
卡里翁的公子繼續趕路程。
兩公子到達阿爾巴拉辛[19]，歇息一晚在城中。
然後，他們又加緊策馬向前行，
來到摩爾人阿本加爾邦管轄的莫利納城。
得知他們到來，這摩爾人衷心高興；
他興高采烈地出來把客人們歡迎。
上帝啊，他對他們的招待多麼熱情！
次日早晨，阿本加爾邦上馬陪他們同行，
並命令兩百名騎士護送。
他們翻越的那座大山，人稱它「盧松」[20]，
然後過了阿爾布胡埃洛山谷，直到哈隆河畔停下，

他們休憩的地方，人稱作安薩雷拉[21]。
2654 那摩爾人向熙德的女兒贈送禮品，
2655 並向兩個公子各贈一匹好馬；
2658 他如此款待他們，皆因熙德情面大。
公子兄弟倆看到那摩爾人的財物，
2660 策劃一計，十分惡毒：
「既然咱們打算把熙德的女兒拋掉，
如果再把阿本加爾邦殺了，
那麼連他的財寶咱們也能得到。
咱們會藏好這些財寶，像藏卡里翁的財寶一樣牢靠，
2665 熙德絕不能從咱們手中撈回分毫。」
但是當卡里翁兩公子把毒計定，
一個懂西班牙語的摩爾人在一旁聽得分明；
他立即將此事告知阿本加爾邦：
「總督，我的主人，請你多加保重，
2670 我聽見卡里翁公子倆說要傷害你的性命。」

一二七

告別時，阿本加爾邦威嚇兩公子

年輕的阿本加爾邦非常勇猛，
他騎在馬上，率領騎士兩百名；
他在兩公子面前停下並把武器耍弄，
這摩爾人說的話可沒使兩公子高興：
「如果不是看在比瓦爾的熙德面上，
我一定要叫你們臭名遠揚，
然後我再把忠誠的熙德的女兒送回他身旁；
而你們卻永遠回不了你們的卡里翁故鄉。」

一二八

摩爾人回莫利納，他預感到熙德女兒的不幸；行路人進入卡斯蒂利亞王國；他們在科爾佩斯橡樹林過宿；早上，兩公子和他們的妻子單獨留下，他們準備加害妻子；堂娜索爾徒勞的懇求；兩公子的殘暴

2675 「告訴我，卡里翁公子，我待你們有什麼不好？
我真誠地侍奉你們，你們卻陰謀要把我殺害。
2681 在這裡我與你們兩個陰險的傢伙分道揚鑣。
堂娜索爾，堂娜埃爾維拉，請允許，我走了；
卡里翁公子的名聲與我關係甚小。
但願這是上帝的安排，萬物之主的旨意，
2685 願上帝讓康佩阿多爾對這門姻親滿意。」
說完這番話，摩爾人轉身回程，
他揮舞著武器渡過哈隆[22]；

他頭腦清醒地返回莫利納城。
卡里翁公子再從安薩雷拉起行，
他們日夜奔馳趕路程；
他們把堅固的阿蒂恩薩巨石碉堡拋到左邊，
越過了米埃德斯山，
接著又快馬越過克拉羅斯山巒[23]；
他們把阿拉莫斯曾居住的格里薩斯拋到左邊[24]，
阿拉莫斯曾把埃爾法在那兒的山洞裡囚禁。
他們的右前方是聖埃斯特萬[25]。
然後，卡里翁公子進入科爾佩斯橡樹林，
那兒眞是橡樹參天，枝葉排雲，
野獸四處出沒，結隊成群。
他們找到了一片有清泉的草地，
於是卡里翁公子命令把營帳搭起，
全體人員都在那兒宿夜休息，
兩公子把妻子抱在懷裡，向她們表示情意；

但天明日出時，他們幹的勾當眞是傷天害理！
他們命令給騾馬馱上大批行李，
把昨夜宿營的帳篷捲起，
派遣所有的僕從先行。
卡里翁公子還如此命令：
除了他們的妻子堂娜埃爾維拉和堂娜索爾外，
後面不留一人，不論男人或女人；
他們想胡作非爲，侮弄她們。
所有的人都走了，只剩下了四個人，
於是卡里翁公子心生惡計，十分凶狠：
「堂娜埃爾維拉，堂娜索爾，你們要把話聽眞，
你們要受到嘲弄的責罰，就在這荒山老林，
我們要把你們拋棄，今天就是咱們分手的時分。
卡里翁伯爵的領地沒有你們的份。
待到這樁新聞傳到熙德那裡後，
就算我們報了那獅子事件之仇。」

他們剝下了她們的斗篷和皮衣，
給她們全身只剩下襯衫和貼身內衣。
這兩個奸險的歹徒把踢馬刺戴在靴上，
粗硬的馬肚帶拿在手裡。
兩夫人看到這般情景，堂娜索爾把話講：
「堂迭戈，堂費爾南多，以上帝之名，我們懇求你們啊，
你們有堅利的寶劍兩把，
一把叫『蒂松』，另一把叫『科拉達』。
你們砍下我們的頭，我們會成爲犧牲品，
但天下的人都一定會這樣評論：
我們不應遭此蹂躪。
你們不要惡毒地侮辱我們，
如果你們鞭打我們也就等於毀壞你們自身；
你們一定會被傳喚到評議會或者法庭聽審。」
夫人的懇求絲毫沒有打動他們的心，
他們開始抽打她們周身；

他們用馬肚帶無情地鞭笞她們，
用尖利的靴刺向她們最痛處刺進；
撕破了她們的襯衫和皮肉，
她們鮮血湧流，華麗的內衣被血浸透。
她們疼痛萬分，猶如刀扎心頭。
如果造物主見憐，熙德能在這時出現，
如此意外相見，該多麼令人感嘆！
兩公子直打她們昏迷，
淋漓鮮血浸染著她們的襯衫和內衣。
兩公子互相比賽看誰打得更稱心滿意，
他們不停地毒打，直到耗盡自己的力氣。
堂娜埃爾維拉和堂娜索爾都喪失了言語的能力，
兩公子把她們當作死人拋棄在科爾佩斯橡樹林裡。

一二九

公子棄妻（相似詩組）

兩公子扒去了她們的斗篷和貂皮衣，
只給她們留下襯衫和內衣並把她們打昏在地，
然後拋下她們，想給山中的猛獸惡禽充飢。
兩公子把她們當死人，各位要知道，不是當活人拋棄。
如果熙德這時出現，那該是多麼令人感嘆的時機。

一三〇

兩公子對其卑怯行徑的自吹

卡里翁公子把她們當作死人拋棄[26]， 2754-5
因爲她們倆沒有一個甦醒，都在昏迷。

兩公子在林中邊走邊自吹地講：
「報婚事的仇如今已經如願以償，
如不是對咱們懇求，咱們不屑娶她們作偏房， 2759-60
因爲當咱們的正妻，她們的門戶不相當。
這也報了獅子事件之仇，那事曾使咱們羞辱異常。」

一三一

費利克斯·穆尼奧斯對兩公子懷疑；他回來尋找熙德的女兒；他救醒她們並用他的馬把她們帶到聖埃斯特萬·德戈馬斯；恥辱的消息傳到熙德那裡；米納雅去埃斯特萬接女主人；米納雅與堂妹們相見

卡里翁兩公子自吹自擂，邊走邊談。
這裡我再把費利克斯·穆尼奧斯向各位談一談；
他是熙德康佩阿多爾的侄男； 2765
兩公子派他走在前面，雖然他很不情願。

在路上一種預感在他心中出現，
於是他離開衆人，躲閃到一邊，
接著鑽進茂密的樹林中間，
他等待堂妹從這兒經過，
還要觀察卡里翁公子幹些什麼。
他看見兩公子走了過來並且聽到他們説的話。
兩公子對費利克斯卻一點也沒覺察；
各位要知道，他將無法逃命，如果公子看見他！
兩公子刺馬飛奔過後，
費利克斯沿著他們留下的痕跡向回走，
終於他找到了昏迷不醒的兩個堂妹。
他高喊：「堂妹，堂妹！」
他立即下馬，拴了馬走向她們：
「堂娜埃爾維拉，堂娜索爾，我的堂妹，
卡里翁公子傷天害理太凶狠！
願上帝嚴厲地懲罰他們！」

費利克斯設法救醒她們兩人，
她們昏厥過甚，不能吐話音。
費利克斯悲痛得如利箭穿心，
他高呼：「堂娜埃爾維拉堂妹，堂娜索爾堂妹！
醒醒吧，堂妹，願造物主保佑你們！
現在還是白天，夜晚尚未降臨，
山中野獸還不會呑食咱們！」
堂娜埃爾維拉和堂娜索爾漸漸甦醒，
她們睜眼看見費利克斯。
「爲了造物主的愛，堂妹，你們要鼓起勇氣來！
卡里翁的公子一發現我不在，
他們即刻就會追尋來；
如果上帝不保佑，咱們都會葬身在這林海。」
堂娜埃爾維拉萬分痛苦地說了話：
「堂哥，我們的父親康佩阿多爾會給您報答，
願造物主保佑您，給我們些水喝吧！」

於是費利克斯・穆尼奧斯
用他在巴倫西亞新買的帽子去取水，
他取得水來送給兩堂妹；
他讓傷痛、乾渴交加的兩堂妹飽飲了泉水。
費利克斯苦苦央求，終於使她們坐起，
他對她們又是寬慰又是鼓勵，
直到她們鼓起勇氣，
他就立即把她們抱上馬背，
用自己的斗篷把她們倆遮蓋起，
緊接著就牽起馬繮離開了那裡。
他們孤單單三人穿行科爾佩斯橡樹林，
黑夜剛過，在凌晨時分，他們已走出了山林；
他們到了杜羅河之濱。
在拉托雷[27]，費利克斯把堂妹暫留下，
他自己朝著聖埃斯特萬進發，
在那裡他找見迭戈・特利埃斯——米納雅的屬下，

他得知此事，心如針扎，
立即帶著華貴的衣物和駿馬
去接迎堂娜堂娜索爾和埃爾維拉；
他把她們接到聖埃斯特萬城中，
以尊敬的心情，對她們無微不至地侍奉。
聖埃斯特萬的人們從來都很忠誠，
聽到了發生的事情，他們心中悲痛；
他們向熙德的兩女兒交了賦貢[28]。
熙德兩女兒留居這城中，直到治愈傷痛。
與此同時，兩公子自吹自誇從不停息。
這新聞已傳遍了各地；
賢君王堂阿方索對此感到悲切。
這件事傳到了巴倫西亞大城裡，
熙德康佩阿多爾得悉此消息，
他沈思了好一會時光，
然後，他抬起手來捋著鬍鬚這樣講：

「基督，宇宙之主，你應受世人頌揚！
卡里翁公子侮辱我的尊嚴，竟如此猖狂，
誰也沒有拔過的鬍鬚[29]，
卡里翁公子也休想使我蒙受羞恥，
我將來一定要給女兒辦好婚事！」
熙德傷心，他的全宮廷也悲痛，
阿爾瓦爾·法涅斯義憤填膺。
米納雅上馬，佩德羅·貝穆德斯和善良的
布爾戈斯人——馬丁·安托利內斯作他的陪同；
熙德還派了兩百名騎士隨從，
他再三叮囑他們要日夜奔馳不留停，
要快把他的兩女兒接回巴倫西亞大城。
他們立即執行主公的命令，
日夜快馬加鞭趕路程。
他們到達了戈馬斯[30]，那兒有座城堡堅固非常，
他們僅在那裡歇宿一個晚上。

消息傳到了聖埃斯特萬：
米納雅已經到達，他來把兩堂妹尋訪。
聖埃斯特萬的人們都很善良，
他們都來歡迎米納雅和他的隨從光降。
當晚他們就把大量貢品向米納雅獻上，
米納雅沒有收納，而感激異常：
「感謝你們，明智的聖埃斯特萬人，
感謝你們的幫助，在這個我們遭受不幸的時分；
熙德從他所在的地方也十分感激你們，
我就在此向你們表示感激之心。
在天之主定會把好的報償賜給你們！」
大家都很高興，向米納雅表示感激，
接著大家向他告別，當晚回去歇息。
米納雅前去把兩堂妹看望，
堂娜埃爾維拉和堂娜索爾凝視著他講：
非常感激您，我們眞像看到了造物主的形象：

您感激造物主吧，因爲我們倆還活在世上。
等咱們回到巴倫西亞大城，在我們休養期間，
我們會向您傾訴我們經受的苦難。

一三二

米納雅及其堂妹離開聖埃斯特萬；熙德出迎他們

兩位女主人和阿爾瓦爾·法涅斯哭得眼淚汪汪，
佩德羅·貝穆德斯也流著淚向她們講：
「堂娜埃爾維拉，堂娜索爾，如今你們已安全無恙，
請你們不要再憂傷。
今日你們丟棄這門高親，他日婚配就比今日更強。
總有一天我們要爲你們討還這筆冤債！」
他們悲喜交加，相會後，當晚仍在該城進入夢鄉。
次日一早，他們又都上馬啓程，

聖埃斯特萬人都出來送行，
把他們愉快地一直送到阿莫爾河[31]之旁，
告別了他們後，就轉回聖埃斯特萬。
米納雅和女主人繼續策馬向前方。
他們越過了阿爾科塞瓦[32]後，把戈爾馬斯丟在右方，
又穿過了人稱巴多雷伊[33]的地方，
然後他們就歇宿在貝爾朗加[34]市鎮上。
次日凌晨他們又啓程，
當晚他們歇宿在梅迪納賽利城，
次日他們又從梅迪納賽利到莫利納城；
那摩爾人阿本加爾邦心中很高興，
他出來親切地向他們歡迎，
因爲愛戴熙德，他爲他們準備的晚宴很豐盛。
然後他們就從這裡直奔巴倫西亞城。
這消息傳到那出生在好時辰的人，
他急忙上馬出迎他們；

他邊走邊舞弄著武器，異常興奮。
看到女兒，他就前去把她們擁抱、親吻，
接著，他微笑著向她們講：
「你們來了？我的女兒，上帝保佑你們逃出災殃！
因爲我不敢反對，所以才接受了這門姻親。
但願上天的造物主保佑你們
將來能配得美滿婚姻。
願上帝爲我向我的女婿報仇恨！」
兩個女兒把父親的手親吻。
接著全體騎士邊走邊舞弄武器進入城門；
她們的母親希梅娜見到了女兒，眞是歡喜萬分。
生在好時辰的人毫不耽擱時光，
他立即同他的心腹們秘密商量，
要送信給卡斯蒂利亞的堂阿方索國王。

一三三

熙德派穆尼奧向國王起訴；穆尼奧在薩哈貢[35]尋見國王稟明他的使命；國王答應索要賠償

「你在哪裡？穆尼奧·古斯蒂奧斯，我的好家臣。
我收養你在我的府第是在一個吉時良辰！
現在我派你去卡斯蒂利亞給阿方索國王送口信；
你代我去把國王的手誠心地親吻，
——因爲他是我的主公，我是他的臣——
卡里翁公子給了我這種侮辱，
願賢明的君主也非常痛心，
因爲是他嫁出了我的女兒，而我不是主婚人；
既然兩位公子嚴重地侮辱了她們，
那麼，不論對我們的任何大小侮辱，

都是侮辱了我的主人。
他們帶走了我大量珍寶金銀；
除了蒙受恥辱，這事也使我痛心。
求國君傳他們到評議會或御前法庭審問，
因爲我要卡里翁公子付出賠償，
我胸中懷著強烈的仇恨。」
聽了這些話，穆尼奧·古斯蒂奧斯立即上馬啓程，
他帶著陪奉他的騎士兩名，
還帶著熙德府中的一些僕從。
他們一行出了巴倫西亞盡快趨行，
日日夜夜奔馳不停。
他們在薩哈貢尋見了堂阿方索國王，
他是卡斯蒂利亞之王，又是萊翁之王，
也是阿斯圖里亞斯（聖薩爾瓦多[36]在此地）之王，
直到聖地亞哥[37]的所有疆土都屬阿方索國王，
加利西亞[38]的伯爵們都奉他爲君王。

穆尼奧·古斯蒂奧斯下馬後，不留停，
他立即向造物主祈禱並向諸聖徒致敬；
然後他就走向國王的行宮，
兩位騎士陪同他，作爲他的侍從。
當他們剛走到宮廷正中，
國王看見了他們並了認出穆尼奧·古斯蒂奧斯，
於是國王站起來對他們表示非常歡迎。
穆尼奧在國王面前雙膝脆在地上，
他吻了國王的脚然後講：
「賜恩吧，國王，多少王國都奉您爲國君！
康佩阿多爾把您的脚和手親吻；
您是他的君主，他是您的下臣。
您爲他的女兒和卡里翁公子配婚，
按照您的意願，他們的婚儀規格很高！
國王知道我們曾爲此感到十分榮耀，
而如今卡里翁公子卻嚴重地侮辱了我們[39]：

他們鞭笞了熙德的女兒，異常凶狠、
羞辱地剝去了她們的衣服、打得她們鮮血淋淋，
並把她們拋棄在科爾佩斯橡樹林，
想讓山中的猛獸惡禽吞食她們。
熙德的女兒現在已經返回巴倫西亞。
熙德作爲您的臣子，把您的手親吻，
並求國王傳訊兩公子到評議會或御前法庭受審。
要說受辱，國王蒙受恥辱比我們更甚，
國王啊，您得知了這一切，願您感到痛心，
並使卡里翁公子向熙德賠償失損。」
國王沈思良久，然後說：
「我對你說眞話，我心中難過，
穆尼奧·古斯蒂奧斯，你說的情形十分眞實：
是我把熙德的女兒嫁給了卡里翁公子；
我本來希望他們能過幸福興旺的日子。
假如沒有過這婚事一場，今天該多麼安詳！

我和熙德心中都悲傷。
願造物主保佑，我要幫助他索取賠償！
我萬萬沒有想到他們會幹出這種勾當，
我要命令欽差跑遍我的整個王國疆壤，
通告我將在托萊多[40]召開御前法庭會議，
伯爵和貴族們都要參加。
我要命令卡里翁的兩公子到場
並命令他們向熙德康佩阿多爾賠償，
你告訴熙德既然我能讓他得補償，願他消除憂傷。

一三四

國王在托萊多召開御前法庭審訊會

「你告訴康佩阿多爾——他在好時辰誕生——
帶領他的隨從去托萊多城，

我給他的期限是七個禮拜整。
由於對熙德的愛，我召開這次御前法庭。
代我問侯他們所有人，願他們得慰藉而高興；
儘管有這種事情發生，他們仍會獲得尊榮。」
穆尼奧·古斯蒂奧斯立即返程向熙德回稟。
卡斯蒂利亞國王堂阿方索履行諾言：
他絲毫也不耽擱時間，
立即派人把敕令向萊翁和聖地亞哥快傳，
傳給了葡萄牙人[41]和加利西亞人，
他傳給了卡里翁公子和卡斯蒂利亞人：
尊榮的國王要在托萊多召開御前法庭會議，
接令人務於七個禮拜內在該地聚集，
違旨不到者，就會失掉卿位。
敕令已傳遍各地：
誰也不准違反國王的旨意。

一三五

卡里翁公子妄求國王不召開御前法庭審訊會；召開御前法庭審訊會；熙德最後到會；國王出迎熙德

國王在托萊多召開御前法庭審訊會，
卡里翁公子感到異常緊張，
他們懼怕熙德出席這次會審，
他們同所有親戚商量以後，
懇求國王放棄召開這次會審。
國王答道：「我不會這樣做，上帝保佑我免除禍災
熙德康佩阿多爾一定會來，
你們必須向他賠償，因爲他對你們仇恨滿懷。
誰要對此不贊成，或者不肯到會，
那麼他就必須離開我的王國，因爲這使我不愉快。」

卡里翁公子看出他們違反不了國王的旨意，
於是他們又召集所有的親戚商議；
堂加爾西亞伯爵[42]也出席，
他總想尋機傷害熙德，是熙德之敵，
他給卡里翁公子出謀獻計。
限期即滿，赴會者都前往御前法庭，
最先到達的有賢君主堂阿方索、
伯爵堂恩里克[43]、伯爵堂拉蒙[44]、
那賢明的皇帝[45]之父——
伯爵弗魯埃拉[46]和伯爵比爾邦。
王國的許多法學家也來到御前法庭，
他們都在卡斯蒂利亞享有盛名。
堂加爾西亞伯爵（又名克雷斯波·德格拉尼翁）、
阿爾瓦爾·迪亞斯[47]（他曾是奧卡的主公）、
阿蘇爾·岡薩雷斯[48]和貢薩洛·安索雷斯[49]
以及佩德羅·安索雷斯[50]，各位知道，他們是一脈相通；

還有迭戈和費爾南多兄弟倆，
他們帶了一大幫同伙來到御前法庭，
企圖把熙德康佩阿多爾欺凌。
各地的來人都已在此匯集，
但那生在好時辰的人卻尚未到來，
他遲遲未到使國王心中不快。
到了第五天，熙德康佩阿多爾終於到來；
他派了阿爾瓦爾．法涅斯先來到，
阿爾瓦爾吻了主公——國王的手，稟道：
熙德當晚就會來到。
國王聽了稟告，心中很高興，
他立即上馬，帶著大批隨從
前去把那生在好時辰的歡迎。
熙德和他的隨從們都身著華麗的服裝，
正是，如此主公，只有配上如此好隨從才相當。
熙德剛望見堂阿方索國王，

就立即下馬，走在地上，
他走向前去要屈身拜見他的主公——國王。
國王見了，立刻對他講：
「啊！爲了聖依西多羅，你不必這樣！
熙德您上馬吧，不然我就不歡暢；
「咱們要眞誠地接吻，心胸要爽朗。
您痛苦的事也使我心中悲傷；
願這是上帝的安排：您今天的到來爲法庭增光！」
——「阿門，」賢良的熙德康佩阿多爾講；
他吻國王的手又吻國王的嘴，然後又講：
「感謝上帝讓我能把您主公瞻仰。
在國王和堂拉蒙伯爵面前、
在恩里克伯爵和各位面前，我屈身鞠躬；
上帝保佑我們的朋友，更保佑我們的主公！
我的妻堂娜希梅娜——出身高貴的夫人——
和我的兩個女兒把您的手親吻，

她們希望我們感到悲傷的事，國王也感痛心。
國王答道：「願上帝保佑，我確實傷心。」

一三六

熙德不進托萊多城在聖塞爾旺多[51]守夜[52]

堂阿方索國王要回托萊多；
但是熙德不願當晚過塔霍河，他說：
「國王，造物主保佑您，求您降恩給我！
主公，您想回托萊多，
但今夜我想同我的隨從在聖塞爾旺多度過：
我的隨從今晚都將在這兒集合。
今晚我要在這聖地守夜；
明早我將進入托萊多城，
午飯之前，我將到達御前法庭。」

國王說：「這樣我很高興。」
國王返回托萊多城，
熙德魯伊・迪亞斯留在聖塞爾旺多城堡中，
他命令點燃燭光去把祭壇照明；
他要在那神聖的地方守夜直到黎明，
他要向造物主祈求並密訴衷情。
次日黎明，米納雅和所有隨從，
都已做好準備，要進托萊多城。

一三七

熙德在聖塞爾旺多做赴御前法庭的準備；熙德赴托萊多城並進入御前法庭；國王把自己的靠背椅讓給熙德坐；熙德婉拒；國王開庭；宣布當事人不得動武；熙德陳詞起訴；要求收回「科拉達」和「蒂松」寶劍；卡里翁公子交還寶劍；熙德把寶劍贈給佩德羅・貝穆德斯和馬丁・安托利內斯；熙德的第二個要求，他女兒們的陪嫁金；兩公子遇到賠償上的困難

做過晨禱和早課，這時天空初現曙光，
做完彌撒的時光，天空中尚未升起太陽，
所有熙德的人都獻了祭品，其價值異常高昂。
「你，米納雅，我最得力的好臂膀，
你要跟隨我身旁；還有堂赫羅尼莫主教、
佩德羅·貝穆德斯、穆尼奧·古斯蒂奧斯、
善良的布爾戈斯人馬丁·安托利內斯、
阿爾瓦羅·阿爾瓦雷斯、阿爾瓦羅·薩爾瓦多雷斯、
生在好時刻的馬丁·穆尼奧斯、
我的侄男費利克斯·穆尼奧斯、
法律學者馬爾·安達[53]
和善良的阿拉貢人加林多·加爾西亞都隨我同行；
還有一批好漢同這些人一起，這樣人數共達一百名。
爲了避免肌膚受擦磨，你們都要穿有襯墊的長袍，
穿在長袍上的鎧甲[54]要像陽光般閃耀，
鎧甲之外再披上毛皮和白貂，

斗篷之下藏好柔韌而鋒利的鋼刀，
服裝上的繩帶要繫牢，免得武器被人發現。
做了這些準備以後，我就要去御前法庭，
在那裡我要提出要求並訴控。
如果卡里翁公子膽敢尋釁耍蠻橫，
我將不會受驚，因爲我擁有這勇士百名。」
全體人員回答道：「但願如此，主公。」
於是大家做準備，按照熙德的叮嚀。
生在吉時良辰的人也立刻準備：
他把細呢長襪穿上腳腿，
又穿上一雙鞋，其做工十分精美。
他穿的襯衣像太陽一樣潔白，
襯衣上全以金銀鈕扣飾佩，
紐扣緊束袖口，因爲熙德吩咐要做這種式樣；
華麗的錦緞長袍穿在襯衣上，
長袍上交織的金錢耀眼閃光。

衣袍外穿朱紅皮大衣，它的金縫閃閃發亮[55]，
這件大衣是熙德康佩阿多爾慣常穿的衣裳。
金絲交織的束緊帽緊束在頭髮上[56]，
——這頂細工特製的帽精美異常——
這樣誰也不能把熙德的頭髮損傷；
然後他又用帶子把他的長鬍鬚紮上[57]，
熙德做了這一切準備是爲了戒備提防。
他的最外層的服裝是斗篷，價值極爲高昂，
誰見到他就會對他景仰。
熙德率領那安排停當的騎士一百名，
離開聖塞爾旺多，快馬趨行；
熙德就這樣謹慎提防地奔赴御前法庭。
熙德在法庭大門前下馬；
他們同全體隨從進入大門，異常莊重：
熙德走在當中，周圍百名騎士把他簇擁。
當人們看見那在好時辰出生的人進入法庭，

賢君主堂阿方索站起來接迎，
還有伯爵堂恩克、伯爵堂拉蒙，
以及法庭的所有人，各位知道，都走向前歡迎，
他們迎接生在好時辰的人，十分敬重。
但是格雷斯波・德格拉尼翁不願起立，
卡里翁公子的一伙人也不願站起。
國王攜起熙德的手對他講：
3114h 「康佩阿多爾，您來，您要在我身旁，
坐在您贈送給我的大靠背椅上。[58]
您比我們更高強[59]，雖然這會使某些人不歡暢。」
奪得巴倫西亞的人深切感激國王，他講：
「您作爲主公和國王，請您坐在您的椅上，
我同我的隨從們坐在這一旁。」
熙德的話使國王心中高興非常。
於是熙德就坐在精工製造的另一把靠背椅上，
百名騎士守衛在他身旁。

所有在場的人都向熙德投射目光，
注視著他那用帶子紮上的長鬚，
注視著他那好一副英雄形象。
卡里翁公子卻羞怯地不敢向他張望。
這時，賢君主堂阿方索站起來講：
「扈從們，造物主保佑你們，聽我講！
作爲國王，我僅召開過兩次御前法庭：
一次在布爾戈斯，另一次在卡里翁，
今天我在托萊多第三次開庭[60]，
這次是爲了愛護熙德——他在好時辰誕生，
是爲了讓熙德接受卡里翁公子的賠償，
正如我們所知，他們給熙德造成了很大損傷。
這次御前法庭的律師由下列伯爵擔當：
堂恩里克伯爵、堂拉蒙伯爵和別的不屬那一幫的伯爵[61]。
你們都要認眞思量，因爲你們都瞭解案情，
你們要主持正義，我不允許不公正的事情。

今天雙方都要保持和平。
我以聖伊西德羅的名義宣誓：誰要擾亂法庭，
誰就會被我逐出王國，失去我的愛寵。
誰有理我就支持他，
現在先由熙德康佩阿多爾提出要求，
然後我們再聽卡里翁公子的回答。
熙德吻了國王的手就站起來[62]講：
「我非常感激您，我的主公和國王，
你召開這次御前法庭向我把恩降，
我把這要求提問卡里翁公子倆：
他們拋棄我的女兒不僅使我臉上無光，
因爲，國王，是您把她們婚配，今日您定有主張；
但當他們帶我女兒離開巴倫西亞的時光，
我眞心實意地疼愛他們倆，
贈給了他們『科拉達』和『蒂松』寶劍一雙。
——奪取它們時我戰鬥得很勇敢頑強——

我本來指望他們持劍爲您效力並增加他們的榮光；
如今他們既然把我女兒拋棄在橡樹林中，
他們就不願同我有關連，也就失去了我的愛寵；
他們已不是我的女婿，當然應該把劍歸還我手中。」
衆法官講：「這要求完全是理所應當。」
「現在我們來回答，」堂加爾西亞講。
這時卡里翁兩公子走到一旁，
帶著他的所有親戚和黨羽一幫，
他們很快商量，都一致如此主張[63]：
「熙德康佩阿多爾對咱們還眞算仁慈異常，
如果熙德不同咱們算侮辱他女兒的賬，
有國王在場，也許這場官司能解決得順當。
既然他没有別的要求，咱們就還他那寶劍一雙，
等到他收回寶劍離開法庭的時光，
他就無權再向咱們索討任何賠償。」
他們這樣商量後，又回到法庭上講：

「施恩啊！堂阿方索國王，我們的君王！
我們不能否認他曾給我們寶劍一雙；
既然熙德索要寶劍、對寶劍喜愛異常，
我們願在國王面前，歸還他的寶劍一雙。」
於是他們拿出了「科拉達」和「蒂松」
並把它們交到國王手中；
這雙寶劍一拔出鞘，劍光就照亮整個法庭，
劍柄和劍的把手都是黃金製成；
法庭上的正直的人都發出了讚嘆聲。
國王召喚熙德並把寶劍交還他手中；
熙德接劍後，親吻國王的手表示感激，
然後又回到他剛才離開的靠背椅。
熙德手持雙劍看仔細；
公子無法把寶劍更換，因為熙德對這雙劍很熟悉。
這時熙德感到周身愉快，歡欣的微笑發自心底，
他抬起手來捋了捋鬍鬚說：

「爲了這一口從沒被人拔過的鬍子，
我們一定要爲堂娜埃爾維拉和堂娜索爾報仇雪恥。」
這時熙德把他侄子堂佩德羅的名字呼喚，
並伸手交給他那把「蒂松」寶劍：
「讓這把劍有個好主人，拿著它，好侄男。」
接著他把善良的布爾戈斯人馬丁・安托利內斯呼喚，
並伸手交給他那把「科拉達」寶劍：
「馬丁・安托利內斯，我的好幕下，
拿著它，這是我從巴塞羅那大城的貴族主人——
拉蒙・貝倫格爾——手中奪到的『科拉達』。
我把它交給您，望您好好愛護它
如果您遇到機會或有某種事件發生，
您定會用它贏得盛譽和好評。」
馬丁・安托利內斯親吻熙德的手並把劍收下。
然後，熙德康佩阿多爾站起來講：
「感謝造物主，感謝您，主公，國王！

關於我的『科拉達』和『蒂松』寶劍之事，我已感到歡暢，
但還有一事我要告發卡里翁公子倆：
在他們帶我的兩個女兒離別巴倫西亞的時光，
我以金銀給了他們三千馬克的款項；
我好心待他們，他們卻玩弄罪惡的勾當，
他們既然已不是我的女婿，就應當歸還我那筆款項。」
你們看，這時卡里翁公子眞是埋怨非常！
堂拉蒙伯爵說道：「你們要說：是或否。」
於是卡里翁兩公子答道：
「我們已經把寶劍還給了熙德康佩阿多爾，
他就不能再提要求，訴訟應該就此結束了。」[04]
堂拉蒙伯爵向他們反駁道：
「如承國王准許，我們這樣宣告：
你們應該滿足熙德的要求。」
賢明的國王說：「我准許這樣要求。」
於是熙德康佩阿多爾又站起來開言：

「還我給你們的錢！
你們說是否還我錢並開出清單。」
這時卡里翁公子又走到一旁商談；
但他們無力付出如此巨款：
因爲他們已經把那筆巨款揮霍完。
他們回到御前法庭這樣說：
「那奪得巴倫西亞的人對我們要求太多，
既然他一心一意想要我們的錢財，
我們只好用我們卡里翁的財產償還。」
兩公子承認這筆錢以後，法官們開言：
「如果熙德對此樂意，我們也不阻攔；
不過我們認爲應該這樣宣判：
你們必須就在法庭上把款項償還。」
聽了這話，堂阿方索國王說道：
「此事原委我們已經十分明瞭，
熙德康佩阿多爾提出了合理的要求。

卡里翁兩公子曾從三千馬克中拿出兩百馬克，
他們把那兩百馬克送給了我[65]。
既然他們已經如此墮落，我要把馬克還給他們，
然後他們應該還給熙德——生在好時辰的人；
他們必須償還，我也不願把這筆款留存。」
現在請各位聽費爾南多·岡薩雷斯如何開言：
「我們沒有現錢。」
接著堂拉蒙伯爵答了言：
「既然你們已經把金銀都花完；
我們在堂阿方索國王面前宣判：
你們要用實物償還；熙德要接受這條件。」
卡里翁公子知道此事只能遵命照辦。
他們讓人運來多少跑馬，各位請看，
還有多少騾子和馱馬，都很壯健，
另有多少鑲嵌裝飾俱全的寶劍；
遵照法庭估價，熙德收下了這些物件。

除去已在國王手中的兩百馬克之款，
其餘的數目都由公子向熙德償還；
因自己的物力不足，他們還向別人借貸若干。
各位要知道，這次宣判眞使兩公子狼狽不堪。

一三八

訴訟要求結束後，熙德提出決鬥

熙德接受了折價的實物，
他的隨從們將折價物收下，加以守護。
但是此事結束後，卻又醞釀著事一樁。
「施恩啊，爲了博愛，我的主公，國王！
最重大的申訴我不能忘。
全法庭請聽我講，請爲我遭受的禍害而悲傷；
卡里翁公子對我嚴重辱羞，

不同他們決鬥，我誓不罷休。」

一三九

控告兩公子的寡廉鮮恥

「不論開玩笑、說眞話或在別的什麼地方，
卡里翁公子，你們講，我何曾對你們損傷？
在這裡，我向御前法庭裁判提出要求補償。 3259
你們爲何把我心上的肉損傷？
我把女兒交給了你們，當你們離別巴倫西亞的時光，
你們走時帶著大批財寶並且滿載榮光；
既然你們不愛她們，那麼你們，背信棄義的狗，
爲什麼還把她們從巴倫西亞家園帶走？
又爲什麼對她們用馬刺踢、皮帶抽？ 3265
你們把她們拋棄在科爾佩斯橡樹林，

想讓山中野獸惡禽吞食她們。
你們的所有所爲表明你們是寡廉鮮恥的人[66]。
如果你們不賠罪，那就請這御前法庭裁審。」

一四〇

加爾西亞·奧多涅斯與熙德舌戰

加爾西亞伯爵站了起來並講：
「施恩啊，國王，您是全西班牙最好的國王！
熙德出入這種莊嚴的法庭習以爲常；
他讓自己的鬍鬚長得如此長；
一些人望而生畏，一些人恐慌。
卡里翁兩公子有高貴的血統，
他的女兒連當他們的偏房也不相稱，
誰還能把她們當成兩公子的正妻[67]？

把她們拋棄是兩公子的權利。

我們對熙德的申訴毫不睬理。」

這時熙德抬起手來捋著鬍鬚把話講：

「主宰天空和大地的上帝啊，你應受頌揚！

這鬍鬚長得如此長，因爲它受到舒適地護養。

伯爵，您爲什麼非要把罪過推到我的鬍鬚上？

它一長出來就被舒適地護養，

從沒有一個女人養的兒子把它損傷，

任何摩爾人或基督教徒的兒子都沒有拔過它，

像我在卡布拉城堡拔您伯爵的鬍鬚一樣，

我奪取卡布拉時，拔了您的鬍鬚，

卡布拉那兒的青年都拔過您的鬍鬚68；

我拔了您的鬍鬚，至今您的新鬍鬚長得還不夠長。

我帶來了您那撮鬍鬚，現在口袋中保藏69。」

3280

一四一

費爾南多拒絕被譴責爲寡廉鮮恥者

這時費爾南多·岡薩雷斯站立起，
他現在高聲講話，請各位聽仔細：
「熙德，您要把這個要求放棄；
我們已經把財物還給了您。
您不要再您我之間把決鬥挑起。
我們是卡里翁伯爵的後裔，
我們應同國王或皇帝的女兒結婚，
而不應同一般的貴族女兒聯姻。
我們有權拋棄她們，
這樣我們就會更高貴而不會降低身份。」

一四二

熙德鼓動佩德羅·貝穆德斯挑戰

這時，熙德·魯伊·迪亞斯看著佩德羅·貝穆德斯說了話：
「不作聲的漢子，佩德羅啞巴，你說話吧！
我的女兒是你的堂姊妹；
人家惡語向我噴來，也就是扯著你的耳朵把你打。
假如由我來對答，你的武器可就使用不成啦。」

一四三

佩德羅·貝穆德斯向費爾南多挑戰

佩德羅·貝穆德斯想要開言，
開始時他講不出話，舌頭不聽使喚，

但是他一講開了頭，就滔滔不絕講不完[70]：
「我說，熙德，您有這樣的習慣，
在法庭上您總以佩德羅啞巴的稱呼把我呼喚！
您很知道，我不善於言談；
但是，該我幹的我馬上就幹，毫不遲延。
費爾南多，你一派胡言太荒唐。
你托熙德之福，身份才高貴非常。
現在我要講一講你的詭詐伎倆：
你記得我們在巴倫西亞作戰的時光，
你要求熙德把打前鋒的任務讓你擔當，
看到了一個摩爾人，你向前似乎要同他打仗；
但是，還沒有接近他，你就逃出戰場。
如果不是我趕到，摩爾人定會使你不得好下場；
我把你丟在身後，前去同摩爾人打仗，
沒有幾個回合我就把他擊敗在疆場；
我把他的馬給了你，此事我一直保密：

在今日之前，我從没有將此事對他人講。
你曾經當著熙德和衆人的面自我宣揚，
你說你殺了那摩爾人，作戰英勇異常；
當時大家相信了你的話，因爲不了解眞相。
你是一個膽小鬼，雖然生得一副好模樣！
你這愚蠢的爛舌頭，難道還敢把話講？

一四四

佩德羅·貝穆德斯繼續挑戰

「費爾南多，你要供認這件事情：
你不記得有一次獅子事件在巴倫西亞發生：
當熙德睡覺的時候，獅子出了籠？
你，費爾南多，嚇得要命，你那時幹了件什麼事情？
你鑽到熙德康佩阿多爾的大椅下藏身！

你昔日鑽到椅下，今日就是寡廉鮮恥的人。
我們圍繞著大椅護衛著我們的主人，
直到熙德——奪到巴倫西亞的人——醒來的時分；
然後他就從大椅中站起奔向雄獅；
雄獅等待著熙德走近，它低著頭非常順從，
它讓熙德抓著脖子放進籠中。
然後勇敢的康佩阿多爾回到府中，
他看到身邊衆家臣都把他簇擁；
他尋找兩個女婿，卻連一個也不見蹤影！
我向你挑戰，你卑污又奸險。
爲了替熙德的女兒堂娜埃爾維拉和堂娜索爾申冤，
現在堂阿方索國王面前，我爲此向你挑戰[71]：
你們把她們拋棄了，你們寡廉鮮恥，
雖然她們是女人，而你們是男人，
但是無論如何，她們都是比你們高貴的人。
要展開這場決鬥，願造物主降恩，

你必須親口承認你是背信棄義的人[72]；
我堅持我所說的都千眞萬確。」
至此，他們兩人停止了爭論。

一四五

迭戈拒絕被指控爲寡廉鮮恥者

現在再請各位把迭戈・岡薩雷斯的話聽分明：
「我們有最高貴的伯爵血統，
我眞願當時這場婚事不成功。
眞願當時同熙德的聯姻親家結不成！
我們不後悔我們已經把你女兒拋棄，
她們只要活在世上，她們就會嘆息；
她們就會經常想起我們過去對她們的侮辱。
3359b 在最勇敢的人面前，我也要爲此鬥爭不息：

我們現在感到光榮，因爲我們已經把她們拋棄。」

一四六

馬丁·安托利内斯向迭戈·岡薩雷斯挑戰

馬丁·安托利内斯站起來講：
「住口，背信棄義的歹徒，你信口雌黃！
那獅子的場面你不該遺忘；
你奪門而出，鑽進了榨油機房，
你鑽到一架榨油機後面把身藏，
你把長袍和斗篷弄得骯髒異常，不能再穿在身上。
對你這種人，我没有別的辦法，只有決鬥：
要知道，因爲你們拋棄了熙德的女兒們，
現在無論如何她們比你們更高貴，
等到決鬥開始後，你就會親口承認：

你說的都是謊言，你是背信棄義的人。」

一四七

阿蘇爾·岡薩雷斯進入御前法庭

當他們兩人爭辯到這兒的時候，
阿蘇爾·岡薩雷斯進入御前法庭。
他身穿貂皮長袍，披著一件斗篷；
因爲他剛吃過午飯，進入法庭時滿面通紅。
他講話確實欠慎重：

一四八

阿蘇爾侮辱熙德

「啊，各位先生，什麼時候見過這種事情？

誰能說我們沾了比巴爾人熙德的光才高貴揚名[73]！
讓他去吧，到那烏比埃納河旁去料理磨坊[74]，
讓他到那兒去收推磨費吧，像往常一樣[75]！
誰叫他向卡里翁公子嫁紅妝？」

一四九

穆尼奧・古斯蒂奧斯向阿蘇爾・岡薩雷斯挑戰；納瓦拉和阿拉貢[76]的使者求熙德將女兒婚配王子；堂阿方索准許她們再婚；米納雅向卡里翁公子挑戰；戈麥斯・佩拉埃斯應戰，但國王只給最初的爭鬥者們定下決鬥的期限；國王庇護熙德的三個鬥士；熙德向所有人贈送造別禮物；（此處闕佚。闕佚處以《二十國王編年史》的散文補充）；國王同熙德出托萊多城；國王命熙德馳馬

這時穆尼奧・古斯蒂奧斯站了起來：
「住口，你這奸詐的、背信棄義的無賴！
你吃飯第一，飯後到教堂胡亂禱告，

你對你親吻的人[77]直打飽嗝。
你對朋友和主公都不說眞話，
你對誰都欺騙，也欺騙上帝。
我不願對你有任何情誼。
我要你承認你的面目同我說的毫無差異。」
阿方索國王說：「停止爭論這個問題。
願上帝保佑，讓最先提決鬥的人鬥爭到底！」
剛做了這樣的決定，
這時有兩名騎士進入御前法庭；
一位名叫奧哈拉[78]，另一位名叫伊尼戈·希門内斯[79]，
一位是納瓦拉王子派來的求親人，
另一位受阿拉貢王子派遣也來求親；
他們先吻了阿方索國王的手
然後向熙德康佩阿多爾懇求，
求他讓兩女兒去當納瓦拉和阿拉貢的王后，
去做光榮的正宮王后。

大家都鴉雀無聲，整個法庭都傾聽來人説緣由。
接著，熙德康佩阿多爾站起來講：
「施恩啊，我的主公，阿方索國王，
從納瓦拉和阿拉貢的來人求我嫁女到他鄉，
爲此我要感激造物的上蒼。
從前把她們嫁出的不是我，而是您國王，
現在我再把女兒交到您手上：
沒有您的諭旨，我什麼也不做，光榮的國王。」
於是國王站起來命法庭安靜後，他講：
「我要求您，熙德，精明又英勇善戰的人，
接受他們的要求吧，我也批准這件婚姻，
我希望就在這法庭上，給他們訂婚，
這樣將會增加您的封地和榮光。」
這時熙德站起來去把國王的手親吻：
「如果您歡欣，主公，我也應允。」
於是，國王講：「這是上帝賜給您的好褒獎，

奧哈拉和伊尼戈·希門内斯，你們聽我講，
我批准這婚事：
熙德的兩女兒堂娜埃爾維拉和堂娜索爾
嫁給納瓦拉和阿拉貢的兩王子，
她們將爲王子的光榮的正妻[80]。
於是奧哈拉和伊尼戈·希門内斯站起來
去把堂阿方索國王的手親吻，
然後又吻熙德康佩阿多爾的手；
他們又許下諾言並發誓説道：
説到的一定辦到，或者還要做得更好。
法庭上的許多人都很高興，
但卡里翁公子卻很苦惱。
這時，米納雅·阿爾瓦爾·法涅斯站起來説道：
國王，主公，我求您賜恩，
也願我的講話不會使熙德煩惱。
在整個法庭審訊中，我沒有對您打擾，

現在我願把我想到的向您稟告。
國王說：「我心中很歡喜，
米納雅您說吧，您說什麼都可以。」
米納雅說：「我請求全法庭對我的話注意，
因爲我懷著強烈的仇恨控訴卡里翁公子的卑鄙。
我把兩堂妹交給了他們是以阿方索國王的名義，
他們娶她們是作爲合法正妻；
熙德康佩阿多爾給了他們大批財物和厚禮，
如今他們已經遺棄了她們，這使我們痛戚。
我向他們挑戰，他們爲人卑鄙、背信棄義。
你們是貝尼·戈麥斯[81]的後裔，
一些有名的勇敢的伯爵出身這個府第，
但是我們今日卻看到這個府第中出了這般奸逆。
現在我感激造物主賜下這般恩意：
納瓦拉和阿拉貢的兩王子
來求娶我的兩堂妹爲合法正妻，

你們過去曾娶他們爲合法正妻，
但現在你們必須吻她們的手稱她們爲貴夫人，
雖然你們心中不樂，但必須向她們低頭。
感謝天上的主，感謝堂阿方索國王，
熙德康佩阿多爾的榮譽會增長，
而你們的嘴臉卻總是跟我說的一樣；
誰要反駁，或說個不字，
那就要他知道我米納雅同最有勇士本色的人一樣。」
接著戈麥斯·佩拉埃斯站起來講：
「米納雅，您說的話有何用場？
這法庭上有很多人能同您較量，
如果有人反對您，您就會遭受殺傷。
上帝會保佑我們贏得這場戰鬥，
到那時候，您就不得不把您說過的話重新思量。」
這時國王講：「現在結束爭辯，
誰也不要再把話講。

明早開始決鬥，在太陽初升的時光，
三個對三個——他們已在法庭上舌戰過一場。」
卡里翁公子緊接著說：
「國王，請把期限放寬，因爲明天來不及，
我們的武器和馬匹都已交到了熙德手裡[82]，
所以我們必須先回到卡里翁的土地。」
國王朝著康佩阿多爾說：
「這決鬥的地點由您定。」
於是熙德說：「我不能定，主公。
我更願回巴倫西亞不願去卡里翁。」
國王說：「就這樣吧，康佩阿多爾，
您把您的全副武裝的騎士交給我本人，
讓他們跟我走，我將當他們的庇護人，
我對此給予您保障，正是君主庇護賢臣[83]，
任何伯爵或貴族都不得傷害他們。
現在我在法庭上把期限指定，

三個禮拜後，這決鬥將在卡里翁平原上進行，
他們都要當著我的面決戰；
誰要屆時不到，誰就失掉決戰權，
同時他也會被宣布爲失敗和寡廉鮮恥者。」
卡里翁兩公子都接受了詔命。
熙德吻過國王的手，說道：
「現在我把這三名騎士交到您手上，
我把他們托付給您，主公，國王，
爲了履行自己的責任，他們已經準備停當；
爲主的愛，願您將來遣送他們光榮返回巴倫西亞那方。」
國王答道：「願上帝如此安排妥當！」
這時康佩阿多爾脫了兜帽，
又脫了白如陽光的線織束緊帽，
並且也把紮鬍鬚的帶子鬆掉[84]。
全法庭的人望著他，眼福眞不小。
熙德走近堂恩里克伯爵和堂拉蒙伯爵；

他們同他們親切地擁抱，
並且還眞心地請他們任意拿取他的財寶。
他也同樣請其他所有同他站在一起的人們，
隨意拿取他的財帛金銀；
有些人拿了，有些人卻不肯。
熙德不僅謝絕國王歸還那兩百馬克，
而且還贈送他所喜愛的其他財寶珍品。
「爲了造物主的愛，我求您開恩，國王，
現在這些事既然已經處理妥當，
我吻您的手，求您恩准，國王，
我要回巴倫西亞——我奮戰得到的地方。」

於是，熙德向納瓦拉和阿拉貢的親王使者贈送了牲口和一切必需品向他們告別。

堂阿方索國王同他宮廷的所有有名的勇士一起騎馬陪熙德出城。他們到達索科多貝爾[85]時，國王向騎著「巴比埃卡」馬的熙德說：「堂羅德里夫，我想看您跑一跑那匹馬，我久連其名了。」熙德笑著答道：「這兒有您宮廷中的很多著名勇士，他們都是好騎手，請您命他們騎自己的馬跑一跑。」國王說：「您的話使我高興，不過，我還是想請您為我跑跑您這匹馬。」

一五〇

國王讚美巴比埃卡，但卻沒有把它作為禮物收下；熙德給其三個戰鬥者的最後囑托；熙德回巴倫西亞；國王在卡里翁；決鬥的限期已滿；卡里翁的一方人企圖阻止使用「科拉達」和「蒂松」參加戰鬥；熙德一方的人要求國王庇護並走上了戰場；國王指定可靠的人管理戰場並警告卡里翁一方的人；可靠的人為決鬥做準備；首戰。佩德羅・貝穆德斯勝費爾南多

熙德用馬刺踢馬飛奔，所有的人都驚嘆絕技。

國王抬起手來劃了十字：

「我以萊翁的聖伊西德羅的名義發誓言：

在我們所有的土地上，找不到這樣英勇的好漢。」

這時熙德驅馬走到國王面前，

他吻過阿方索國王的手說道：

3510

「遵旨我已策驅千里馬巴比埃卡跑過了，
這種好馬哪兒也不到，
我願把它作禮物獻上，請命人把它收下。」
國王説道：「這我不願要，
如果我要了它，它就會把好主人失掉[86]，
這種馬只有侍奉您這樣的騎士才稱好，
您騎著它可在戰場打敗摩爾人，追擊竄逃的人；
誰奪走您的這匹馬，造物主不會保佑他安好。
爲您，爲這匹馬，我們感到榮耀。」
他們彼此告別後，王宮的人也都離去了。
這時熙德向他三位臨戰者忠告：
「馬丁·安托利内斯和您，佩德羅·貝穆德斯，
還有穆尼奥·古斯蒂奥斯，我的好部下；
你們作爲好漢，在戰場上要堅定不移，
我在巴倫西亞等待你們的好消息。」
馬丁·安托利内斯説：「爲什麼説這種話，主公？

我們已經擔負這個責任，我們必定把任務完成，
您可能聽說我們犧牲，但聽說我們屈服卻不可能。」
這些話使那個在好時辰出生的人很高興。
熙德告別了所有的朋友，
然後，熙德回巴倫西亞；國王則去卡里翁。
三個禮拜的期限已告終，
康佩阿多爾的鬥士來到戰場履行原先約定，
他們要完成主人的使命；
他們得到那萊翁人阿方索的保護；
他們等了卡里翁公子兩天整，
兩天後，兩公子才來到，他們騎著駿馬，披掛很齊整。
他們和衆親戚共同商量：
如果能把熙德的人引離到比較遠的地方，
然後在郊野殺掉他們，那就會使其主人臉上無光。
這一陰謀雖很惡毒，但卻未能得逞，
因爲他們很懼怕那萊翁人——阿方索國王。

當晚熙德的鬥士守護自己的盔甲並向主禱告。
夜晚過去，次日初露晨曦，
很多富人都聚集到這裡，
他們都想觀看這場決鬥，
特別因爲堂阿方索國王在這裡
他將主持公正並阻止不義。
熙德的騎士們已將盔甲披戴齊備，
三位騎士同一個主人，共一個目的。
在另一邊，卡里翁公子在穿著戎衣，
加爾西亞·奧多涅斯伯爵在向他們獻計。
他們提出訴訟要求，並向阿方索國王呈稟：
在戰鬥中不許用「科拉達」和「蒂松」，
不許熙德的騎士用那兩把寶劍鬥爭。
卡里翁公子因已歸還了寶劍，現在後悔連聲。
雖然他們向國王提出這個請求，但國王卻不答應：
「當我們在法庭，你們沒要求對任何寶劍禁用，

現在如果你們有好劍，你們可以使用，
反過來說，這個道理對熙德的騎士也適用。
卡里翁公子，你們要上戰場去作戰，
你們要戰鬥得像勇敢的好漢，
熙德的騎士們一點也不缺少好漢的勇敢，
假如你戰勝了，你們將滿載榮光；
如果你們被打敗，也不要怪我們，
因爲大家都知道，那是你們自找的下場。」
這時卡里翁公子已經懊悔，
他們對自己過去的作法後悔異常，
如能勾銷劣跡，寧肯將卡里翁的所有財產花光。
熙德的三位騎士已經準備好武器、穿上了戎裝，
堂阿方索國王前來向他們看望，
康佩阿多爾的騎士對他講：
「我們吻您的手，國王，主公，
求您今天在他們和我們之間主持公正；

願您公正地保護我們，我們不圖謀不義的事情，
卡里翁公子在這兒有一伙親朋，
我們不知道他們是否要進行陰謀行徑；
既然我們的主人把我們交到國王手中，
爲了造物主的愛，求國王爲我們主持公正！」
國王說：「我由衷地高興。」
這時有人給熙德的三騎士牽來快捷的駿馬，
他們在鞍上劃過十字後，敏捷地上了馬；
他們把中心堅固而華麗的盾牌在頸上懸掛；
手中緊握鋒利的長槍，
三面槍旗分別掛在三支槍上。
很多英雄好漢都站在這三位騎士一方。
這時三位騎士已走上設置好界標的戰場。
他們三人都懷著同一心腸：
每人都決心使對手慘遭傷亡。
卡里翁親王在另一方，

他們有很多人陪伴，全是親朋一幫。
國王任命了裁判，命他們判別邪正；
但不讓他們同決鬥者辯論是非短長。
當決鬥者都來到戰場，堂阿方索國王講：
「卡里翁公子你們聽我講，
本可在托萊多交戰，但你們不願在那兒開仗，
所以我才保護著熙德的三名騎士，
並把他們帶到卡里翁的土地上，
你們要正當合法地打仗，不准使用鬼伎倆，
誰要圖謀鬼伎倆，我一定要嚴加制止，
他將不能安靜地生活在我的國土上。」
聽了這番話，卡里翁公子感到懊喪！
國王和裁判指明戰場的界標後，
接著就都離開戰場走到一旁，
並向那六名鬥士告知端詳：
誰出了界標誰就是戰敗的一方。

所有觀戰的人都退出了戰場，
退到了離界標線六長槍遠的地方。
戰場抽簽後，雙方分享太陽的光芒[87]，
接著裁判們進入戰場，他們面對面地站在中央。
熙德的騎士從這邊進攻卡里翁公子，
卡里翁公子則從那邊進攻熙德的騎士。
他們各有各的敵手，都想使各自的敵手傷亡。
他們都手持盾牌護住胸膛。
他們橫下飾有槍旗的長槍，
低頭俯首在鞍前穹的上方，
他們都用力踢刺著戰馬，
頓時戰馬奔馳，大地震蕩。
戰鬥者都想使自己的敵手傷亡，
他們三對三地對抗，
周圍的觀衆感到他們隨時都可能陣亡。
佩德羅·貝穆德斯曾首先挑戰在法庭上，

這時他同費爾南多・岡薩雷斯面對面地對抗，
他們相互砍擊盾牌，誰也不恐慌。
費爾南多刺穿了佩德羅的盾牌
而沒有刺到佩德羅的肉體上，
但卻折斷了自己的長槍。
佩德羅・貝穆德斯很堅強，身軀不搖晃，
受了這一擊，緊接著他就以另一擊回攻對方，
他擊碎了敵手的盾牌，並把它打落在地上。
他的長槍到處刺擊，敵手已無力阻擋。
他一槍刺進敵手前胸靠近心臟的地方；
費爾南多身上的護甲有三層，
兩層被擊破，沒破的只剩下第三層；
但這極強的猛擊卻把他的襯袍、襯衣、
連同服飾打進他一手掌深的肉體中[88]，
鮮血從他的口中噴湧；
他的馬肚帶已經完全迸斷，繫不住馬鞍，

就這樣他從馬臀部滑下，墮落地上。
人們都以爲他重傷而亡，
佩德羅長槍仍插在他身上，同時伸手去拔那寶劍，
當費爾南多·岡薩雷斯認出那是「蒂松」寶劍；
他立即說「我服輸」，而不願等到挨一劍，
裁判們同意後，佩德羅就没有對他殺砍。

一五一

馬丁·安托利内斯擊敗迭戈

堂馬丁和迭戈·岡薩雷斯持槍交戰，
劇烈的擊打使他們雙方的長槍都折斷。
馬丁·安托利内斯伸手去拔劍，
清白而明亮的劍光照耀全戰場，
馬丁·安托利内斯向對手橫砍一劍：

這一劍把敵手的盔頂砍落在地上，
頭盔的綬帶也全被砍斷；
這一劍也砍到了他的兜帽和髮網，
兜帽和髮網全被擊落在地上，
並且還削落了他的頭髮、傷了他的皮肉； 3655
砍掉之物墮落疆場，殘餘仍留在他身上。
「科拉達」寶劍如此斫擊，
迭戈·岡薩雷斯感到逃命不及；
於是他拉起馬繮繩掉轉馬頭，轉過頭去，
雖然他手中還持著劍，但卻未敢還擊。 3662
馬丁·安托利内斯向他迎擊， 3660
不用劍刃而用劍平面猛力一擊，
於是公子大聲疾呼： 3664
「光榮的上帝，保佑我免遭劍劈！」 3665
公子勒住了馬，躲過這次劍擊，
並拔馬跑出界標[89]；馬丁仍留在戰場裡。

這時國王向他講：「您來，到我身旁，
您以您的鬥爭，取得了這場戰鬥的勝利。」
國王的話説得眞實，裁判們也都同意。

一五二

穆尼奧・古斯蒂奧斯戰勝阿蘇爾・岡薩雷斯；公子的父親代子聲明被戰敗；熙德的騎士們謹愼地返回巴倫西亞；熙德的喜悦；熙德的兩女兒第二次結婚；遊唱詩人結束熙德之歌

那兩位騎士勝利了，現在再説穆尼奧・古斯蒂奧斯，
我給各位説説他如何收拾了阿蘇爾・岡薩雷斯。
他們彼此向對方的盾牌上猛烈地攻擊。
阿蘇爾・岡薩雷斯勇猛而有力，
他刺破了堂穆尼奧・古斯蒂奧斯的盾牌，
槍頭穿過了盾牌又刺破了他的戎衣，

但這一槍卻落了空，因爲沒有傷及穆尼奧的肉體。
穆尼奧受了這一擊，馬上就回擊，
他刺破了阿蘇的盾心，
繼而直破阿蘇爾·岡薩雷斯的戎衣，
進而又把矛頭連同槍旗插入阿蘇爾的軀體，
——雖然刺入的部位離他心臟還有相當距離，
長槍穿透軀體，背後露出一作長，
穆尼奧向回抽長槍，使阿蘇爾在馬鞍上搖晃，
他把長槍拔出後，阿蘇爾就墮落地上。
鮮紅的血浸染在槍頭、槍旗和槍桿上。
所有的人都相信阿蘇爾受了致命傷，
穆尼奧又操起長槍凌架在阿蘇爾的身軀之上；
這時貢洛雷斯·阿蘇雷斯講[90]：「別殺他，看在上帝份上！
他已經被打敗在疆場，這場戰鬥結束了！」
裁判們說：「你的話我們聽到了。」
賢君王堂阿方索命令把戰場清理，

他取得了留在戰場上的武器[91]。
感謝上帝，熙德的三位騎士在戰鬥中得到勝利，
現在，他們光榮地啓程，
但在卡里翁的土地上卻籠罩著悲痛。
國王遣送他們夜間返程，
這樣他們可免受襲擊，也不用擔心受驚。
他們謹愼地日夜趨行，
終於抵達巴倫西亞，來到熙德康佩阿多爾身旁。
就因爲他們羞辱了卡里翁公子倆，
出色地完成了主人之命，
熙德康佩阿多爾十分歡暢。
卡里翁公子卻遭人鄙視唾棄。
誰要是始辱終棄自己的妻，
誰就會落到如此或更悲慘的下場。
現在咱們不再議論卡里翁公子倆，
他們已受到了懲罰，悲痛異常。

現在咱們再把那生在好時辰的人講一講。
皆因熙德的騎士們獲得如此榮光，
這時在巴倫西亞大城中，呈現一片歡樂氣象。
魯伊·迪亞斯捋著鬍鬚把話講：
「我女兒的仇已報，感謝天國之王！
現在可以讓他們毫無牽掛地占有卡里翁田莊[92]！
將來我把女兒改嫁別人，我臉上也不會羞愧無光。」
納瓦拉和阿拉貢的王子爲婚事奔波忙，
他們同萊翁人阿方索國王會晤商量。
堂娜埃爾維拉和堂娜索爾終於嫁給了兩王子；
第一次婚禮雖盛大，這次卻超過了上次的盛況；
她們這次結婚比上次更加榮光。
兩女兒做了納瓦拉和阿拉貢王子的夫人，
你們想，那在好時辰出生者的聲譽會何等增長。
今日西班牙的所有國王都是他的親屬[93]，
都因那在好時辰出生的人而增加榮光。

巴倫西亞的主人熙德，在聖靈降臨節的時光，
他永別了這個世界，得到了基督的原諒[94]！
基督也寬恕咱們所有人——有人有過失，有人正當！
這些就是熙德康佩阿多爾的英勇事跡。
本歌到此終場。

第三歌　註釋

❶科爾佩斯橡樹林位於聖埃斯特萬之西南，現已不存在了。

❷兩公子每遇險阻或逆境，總是懦怯地長吁短嘆、思念他們的家鄉卡里翁。

❸見第二歌註54。

❹「也許你們聽說過……」是中世紀的詩歌中常見的句子。

❺因穆尼奧・古斯蒂奧斯受命陪同兩公子，所以經常接近他們。見2168和2177行。

❻此句含意不清。可能是該主教帶著畫有獐子的槍旗作爲標誌，其武器上也畫有標誌以便在作戰中讓其衛從易於辨認他。在熙德的時代，尚無固定的家族標誌或紋章。

❼這種攻擊是指少數騎兵帶頭對敵人的襲擊。

❽一英尋等於1.6718米。

❾戰利品先分成份額，然後有比例地分給戰鬥者。

❿評論家們對此句有爭議。現根據梅嫩德斯・皮達爾的解釋譯出。本節第一句是說熙德的人分得了很多戰利品；第二句是說在他們分得的戰利品中，有些是在這次戰役後分得的；有些是以前分得的。除此兩句外，本節其餘各句則僅對這次戰利品的分配作進一步的描述。

⓫智利文學教授塞多米爾稱，此標題有誤，應為「……熙德不打算統治摩洛哥……」。

⓬非確指今日的摩洛哥，而是指當時部分摩爾人居住的一個地區，其確切的地理位置，現無可考。

⓭因兩公子是米納雅的堂妹的丈夫，所以米納雅稱他們「妹夫」。

⓮見註⓰⓱。

⓯兩公子愚蠢而傲慢，所以才說出要與公主結婚等語。遊唱詩人在表演他們之間的談話時，作模擬表演，擬神擬態，常引起聽衆大笑。

⓰⓱結婚時男方給女方土地和田莊；但如婚後生子女，其財產則須留給其子女承襲，而女方不得自由分配。

⓲是招呼語；非眞正的問話。

⓳⓴見第二歌註㉜㉞。

㉑此地現無人知。當時其位置約在梅迪納塞利與哈隆河之間。

㉒位於梅迪納塞利前方的一段哈隆河水非常淺，可涉水而過。

㉓克拉羅斯山巒是哈拉馬河的發源地，位於今瓜達拉哈拉省的西北角；但根據本歌在此所述的情節來看，則應指伸延到更北方的索里亞省內的山巒。

㉔㉕此處所指的「左」「右」，以面南者的「左」「右」爲準。此兩行詩所描述的人和事現無人知，且評論家認爲此情節與有關熙德的傳說也沒有關係。

㉖此行詩與上1節的倒數第2行詩以及128節倒數第1行詩的內容都相似。這是當時遊唱詩人常用的一種重複形

式，尤其在抒情的章節中用得較多，亦稱「連環鎖鏈詩句」。

㉗古稱拉托雷・德堂娜烏拉卡，位於聖埃斯特萬・德戈爾馬斯之西7公里，離杜羅河岸的利亞諾・德烏拉卡村莊不遠。

㉘納稅人因接受其主人的領地而交納賦貢（以食物、糧食、酒等交納）。因迭戈・特立埃斯是米納雅的屬下、納稅人，所以以他爲首的埃斯特萬人款待熙德的女兒，並向她交納貢品。

㉙「誰也沒有拔過我的鬍鬚」意爲：「誰也沒有能羞辱過我」。參看第一歌註⓫。

㉚位於杜羅河岸，聖埃斯特萬・德戈馬斯之東。其大城堡建於阿拉伯時代。

㉛此地現無人知，應在聖埃斯特萬・德戈馬斯之東。

㉜今稱巴朗科・德阿爾科塞瓦。杜羅河在戈馬斯城堡周圍形成一個大轉彎，巴朗科・德阿爾科塞瓦位於這個大轉彎的頂端處，杜羅河水由此排出。

㉝古稱巴多・德雷伊，現無人居住，位於杜羅河之左，在從貝爾朗加到戈馬斯的路上。

㉞位於杜羅河之左，距戈馬斯13公里；距聖埃斯特萬30公里；第2天的路程：從貝爾蘭加至梅迪納塞利是46公里；第三天的路程：從梅迪納塞利至莫利納是58公里。由於上述始終點的地理位置很重要，所以行路者常在一天內就要奔馳如此長的距離。見83、84、126節。

㉟當時國王因在薩哈貢的寺院祈禱，而在薩哈貢逗留。

㊱當時是阿斯圖里亞王國首都，因該地的聖薩爾瓦多教堂而得名；即今奧維多省首城奧維多。

㊲今西班牙西北部拉科魯尼亞省的一城市。

㊳今西班牙西北部地區，包括拉科魯尼亞、蓬特維德拉、奧倫塞和盧戈四省。

㊴當時親戚、家族觀念很重。一家受辱，則其遠近親屬都看作自己受辱。穆尼奧是熙德府中養育的人，又是熙德的親戚和家臣，因此他把熙德受辱也看作包括自己在內的全熙德門第的恥辱。

㊵現托萊多省省城托萊多市。

㊶當時葡萄牙有一部分屬加利西亞地區，受阿方索國王管轄。

㊷又稱克雷斯波·德格拉尼翁，意爲格拉尼翁的鬈髮人。他曾在洛格羅尼奧省的格拉尼翁地方做地方長官。阿拉伯的歷史學家給了他一個外號，稱之爲「歪嘴堂加爾西亞」。1074年熙德送交堂娜希梅娜婚禮聘金時，選堂加爾西亞爲保證人，因此可見熙德與他曾是友好的。後因熙德在卡布拉城堡（當時加爾西亞統轄該城堡，人們也稱他「卡布拉的堂加爾西亞」），俘虜了他並拔了他的鬍鬚，從此同他結下了深仇。

㊸㊹爲國王的兩個女婿。

㊺指阿方索七世，1126至1159年爲卡斯蒂利亞、萊翁和加利西亞的國王；是西班牙的第一個稱帝者；其母堂娜烏拉卡是國王阿方索六世的女兒。

㊻弗魯埃拉·迪亞斯是堂娜希梅娜的兄弟，萊翁和阿斯托加的伯爵。

㊼1069到1111年間在國王宮廷任職。曾爲奧卡市（靠近布爾戈斯的一個古老城市）長官。

㊽是卡里翁兩公子的哥哥；是一個饒舌者和饕餮者。見107節。

❹❾是卡里翁公子的父親。

❺⓪萊翁的著名騎士；他和貢薩洛·安索雷斯是兄弟。

❺①聖塞爾旺多即指聖塞爾旺多城堡，塔霍河將它與托萊多相隔，中有阿爾坎塔拉橋相連。阿方索六世收復托萊多之後3年，即1088年，他將該城堡贈給了馬賽的修道長聖維克托爾。當熙德在該地修道院守夜時，院中修士都是馬賽人。該院於1109年被阿爾莫拉維德人（非洲人，1093～1148年，統治阿拉伯西班牙）破壞；1113年托萊多的大主教重建該院。

❺②即徹夜在禮拜堂禱告，一般是在某些重要活動的前夕進行：如封授騎士的前夕或打官司的前夕。祈禱者支付教堂照明的費用，徹夜跪著或站著祈禱。黎明時，守夜者作晨禱、彌撒和獻供後，即結束守夜。

❺③歷史上可能眞有此人，因爲在1140年的文字記載中曾提到此人。

❺④即指以小鐵環網織的鎧甲，或以皮子作襯裡，上綴以金屬薄片或小鐵環，有時爲了加強防護，其金屬薄片或小鐵環達3層之多。爲了避免肌膚受摩擦，鎧甲之下常穿帶有襯墊的緊身長袍（如上句所述）。

❺⑤當時那種大衣的袖口以及大衣腰部以下大衣邊緣常有這種飾繸。

❺⑥❺⑦熙德在穿著衣帽時特別注意保護頭髮和鬍鬚，所以他戴了那精製的束髮帽；同時還用帶子把自己的鬍鬚紮住。此時熙德用帶子紮住鬍鬚，一方面是爲了防止受辱，另一方面也是一種挑戰或決鬥的表示。他要讓出席法庭的所有人都注意到他這種戰鬥的姿態。

❺⑧《歷史歌謠》和《編年史》上認爲這把椅子是熙德從布卡爾國王或尤塞弗國王手中奪到的。塞萬提斯在《堂吉

訶德》第二部中也提到了這把椅子。

59這是當時常用的一句客套話，但出自國王之口當然也有些過分。

60此處專指御前法庭會，不包括其他性質的御前會議或宮廷會議，因爲其他性質的御前會議，國王曾不止召開過3次。

61御前法庭的法官是由富人擔任的，一般由伯爵擔任。但此時國王所指名擔任法官的伯爵中沒有包括卡里翁公子那一幫人中的伯爵。堂拉蒙伯爵是國王的主要女婿（因國王的另一女婿堂恩里克是與國王的私生女結婚的），擔任該法庭的法官代言人。

62訴訟當事人發言時必須起立。

63卑怯的兩公子不珍視寶劍，很快接受了熙德的索劍要求。但是接著熙德提出索回錢財的要求時，貪婪的兩公子卻表示非常難以接受。這兩種情況形成顯明對比。

64卡里翁公子在此爭辯，因爲按照當時常規要求，起訴人必須一次提出所有的要求，否則即失去訴訟要求權。因此熙德所提的第2部分要求須經法官和國王批准；熙德也必須再次站起來提出要求。

65因國王將熙德的女兒嫁給卡里翁公子，他們贈此兩百馬克作爲謝禮。一說，根據日耳曼人，特別是倫巴第人和斯堪的納維亞人的古代法律，結婚時，丈夫要向婚事的中間人贈送謝禮。此時因爲婚姻關係已斷絕，所以國王不願留其贈禮。兩公子還那筆款時，扣除了兩百馬克，但熙德謝絕國王歸還該款，並且還另外加贈一些禮物給國王。

⑯一般作決鬥的挑戰時，挑戰者常以「寡廉鮮恥」辱罵對方。

⑰熙德與加爾西亞伯爵和卡里翁公子等人對此事的舌戰流傳很廣，在不少西班牙民間歌謠中都有有關內容。

⑱"Pulgada"爲捏在拇指與食指間之物。此處指「一小撮鬍鬚」。"Pulgada"另一義爲1英寸。據布拉森西亞和塞普耳貝達法典，拔他人鬍鬚者，拔人家多少撮（或多少英寸）鬍鬚，就必須賠償多少份工資；如付不起，則他自己的鬍鬚也必須被拔掉；如自己沒有鬍鬚，則其面頰要被割去一小塊（或一英寸）肉。但是此處只是泛述加爾西亞被打敗後，熙德手下的很多青年拔了他的鬍鬚，而並不強調每人所拔鬍鬚的數量。

⑲熙德說這句話不僅誇大自己曾很厲害地拔了加爾西亞的鬍鬚，而且也顯示他對加爾西亞的那次侮辱可以長久地不受懲罰。據布里韋加法典，損害他人毛髮者，須負責被辱者的衣食，直至被辱者的毛髮長得與原狀一樣爲止。

⑳佩德羅在御前法庭上的講話最長，比他後面的挑戰者馬丁·安托利內斯和穆尼奧·古斯蒂奧斯的講話長四、五倍。

㉑「我爲此向你挑戰」，此處意指：通過法庭的鬥爭進行譴責；是當時挑戰者的套話。

㉒敗者必須親口承認勝者有理，否則須丟掉性命。因此控告者在挑戰時常說：「你要用你自己的嘴說你是背信棄義的人。」有時敗者還要當衆說：「我就是用這張嘴說的謊。」當然敗者以間接的方式供認罪狀也可以，如在本歌中，敗者自己（也可通過指定的人）說：「我服輸！」（見150節3644行）；或跑出界標（見151節3667行），以使人明白他已承認自己是背信棄義者，並已承認挑戰者的控告屬實。

73 卡里翁公子不認爲他們因與熙德聯姻而使他們有更高的聲譽，也不認爲熙德的女兒比他們更高貴。甚至出言不遜的阿蘇爾·岡薩雷斯稱熙德爲「比瓦爾人」。比瓦爾是熙德的家鄉，是一個較小的城鎮。阿蘇爾這樣稱呼熙德是對熙德的一種諷刺。卡里翁公子也說過類似的話，見82節1376行。

74 烏比埃納是一地名。烏比埃納河是以該地命名的，該河流經比瓦爾。熙德的父親曾從納瓦羅人的手中奪得烏比埃納城堡，該地有熙德的農莊。

75 磨粉者向磨坊主付一定數量的糧食或麵粉作爲磨費。但阿蘇爾在此說這兩句話（本句與上句），是爲了諷刺地說熙德只不過是個直接管理磨坊和收磨費的小業主。

76 納瓦拉和阿拉貢分別爲現西班牙的省名和地區名；當時爲兩個王國。

77 指彌撒中的親吻禮。在作彌撒中，神父說「行親吻禮」時，參加者相互親吻。

78 奧哈拉是巴斯克人（居於法國與西班牙間的卑里牛斯山附近的一個民族）常用的名字；此處用作納瓦拉人的名字是很合適的。

79 伊尼戈也是在阿拉貢和納瓦拉常用的名字。例如，曾有一個名叫伊尼戈·希門內斯的人，曾任加拉奧拉和卡拉塔尤德的總督，頗得阿拉貢國王阿方索·埃耳巴塔利亞多爾的寵愛，在1107至1127年的編年史上，有關於此人的記載。

本歌在此所述的兩位騎士是被派來求親的使者。後來，熙德的女兒交給了他們並由他們交給其新夫。

80 從眞實的歷史記載看，詩人在此所述有關熙德的兩個女兒第二次結婚事，是不符合史實的；因爲熙德的兩個女兒從未像本歌所述的那樣當過納瓦拉和阿拉貢的王后。其史實是：熙德的大女兒名叫克里斯蒂娜，與一位名叫拉米羅的納瓦羅親王結婚；其子加爾西亞·拉米雷斯，於1134年登上王位。熙德的第二個女兒名叫瑪麗婭·羅德里格斯，與巴塞羅那的伯爵拉蒙·貝倫格爾三世（被熙德征服的貝倫格爾·拉蒙二世之侄）結婚。熙德的二女婿之子（非瑪麗婭·羅德里格斯所生）拉蒙·貝倫格爾四世，曾於1137年成爲王子；並因他與拉米羅·埃爾蒙赫（即拉米羅二世，阿拉貢國王）之女結婚，從而使卡塔盧尼亞和阿拉貢合爲一個王國。

㉛即卡里翁和薩爾達尼亞的伯爵戈麥斯·迪亞斯。

㉜指卡里翁公子給熙德的償還物。

㉝據文件記載，當時伯爵貴族常濫用權力、使用暴力、凌辱他人；君主有責任保護其臣子免遭暴行或侮辱。

㉞因這時熙德已感到沒有受辱的可能，所以鬆開了頭髮和鬍鬚。

㉟「索科多貝爾」是阿拉伯的名稱，意爲「圓形廣場」，是托萊多的兩大主要廣場之一。

㊱國王意思說，熙德比他善騎。

㊲戰鬥雙方根據抽簽結果，分別排列在各自應在的一半戰場上。裁判隨著日升或日落的不同情況而劃定不同方向的戰場中央直徑線，以使雙方有同樣的光線條件。

㊳這一槍刺得極猛，雖未全破三層護甲，但因其衝力甚大以至戳破他的肉體並將其內衣等戳進其肉體中。

㊴出界標者即爲敗者，不需本人承認；但倒下場內者需本人承認才算被打敗。因此當該公子出界標後，國王及裁

判即宣布戰鬥結束。

⑩阿蘇爾・岡薩雷斯身受重傷不能說話，不能親自聲明自己已被打敗。按照規定，如戰者不說自己已被戰敗，則不能被判爲戰敗者，因此穆尼奧要去殺他。這時阿蘇爾的父親爲了救兒子的性命，聲明其子已被打敗。

⑪按照當時規定，被打敗的背信棄義者的武器和馬由國王的總管沒收。

⑫熙德在此說「現在可以讓他們毫無牽掛地占有卡里翁的田莊！」這句話是諷刺語。卡里翁公子懷著凌辱熙德女兒的目的把她們帶出巴倫西亞，但他們向熙德說帶走她們是爲了讓她們獲得卡里翁的田莊，因此兩公子對熙德及其女兒負有侮辱、欺詐的罪責。現在婚姻已解除了，仇也報了；這則意味著兩公子已償還了侮辱、欺詐之「罪債」，沒有負擔了；可以「毫無牽掛了」。

⑬1140年，在納瓦拉國王加爾西亞・拉米雷斯（熙德的外孫）和卡斯蒂利亞的皇帝（阿方索七世）之間即將爆發戰爭，後來通過雙方聯姻（即納瓦拉的公主布朗卡——熙德的曾外孫女——同卡斯蒂利亞的王位繼承人桑喬結婚）避免了戰爭。1151年他們生阿方索八世（熙德後裔的第一個卡斯蒂利亞國王），後來，阿方索八世的女兒們又把熙德的血統帶到了葡萄牙家和阿拉貢王家。這句詩的確切性可從下面事實得到證明，即1541年卡洛斯五世在簽發一張王室便箋上寫道：「……注意到熙德是我們的祖先。」

⑭熙德死於1099年，但日期不詳。據該英雄的拉丁史所載，熙德的死期爲該年7月；據《熙德本紀》，爲7月10日；據《第一編年史總集》，爲5月15日；據本歌作者，則爲5月19日——聖靈降臨節的星期日。

桂冠世界文學名著

2

總策劃／吳潛誠

熙德之歌

POEMA DEL MIO CID

原著＞佚名

譯者＞趙金平
導讀＞蘇其康
總策劃＞吳潛誠
執行編輯＞湯皓全
出版＞桂冠圖書股份有限公司
發行人＞賴阿勝
地址＞台北市新生南路三段96之4號
電話＞(02)3681118・3631407
電傳＞886－2－3681119
郵撥帳號＞0104579－2
登記證＞局版台業字第1166號
印刷＞海王印刷廠
初版一刷＞1994年1月

《桂冠世界文學名著》第一輯.51冊.
〈典藏版〉定價20,000元（不分售）

國立中央圖書館出版品預行編目資料

熙德之歌／趙金平譯；蘇其康導讀. --初版.
--臺北市：桂冠，1993〔民82〕
面；　公分. --(桂冠世界文學名著；2)
譯自：Poema del mio Cid
ISBN 957-551-599-4(平裝)

878.51　　82000986